Veganer sterben anders

Jacqueline Weinberger

IMPRESSUM

Autorin: Jacqueline Weinberger

Verantwortlich gemäß § 5 TMG / § 55 RStV: Jacqueline Weinberger

A-4061 Pasching

lehner.ja@outlook.com

ISBN: **978-3-8192-12345**

Hinweis: Dieses Buch wurde im Selbstverlag veröffentlicht.

Verlag: BoD · Books on Demand GmbH, Überseering 33,

22297 Hamburg, bod@bod.de

Druck: Libri Plureos GmbH, Friedensallee 273, 22763 Hamburg

WIDMUNG

Für meine Freundinnen und Freunde,
für meine Kolleginnen und Kollegen,
die aus Überzeugung, Mitgefühl und Verantwortung vegan leben.

Ihr lebt eine Ethik, die ich bewundere.
Dieses Buch ist keine Kritik –
sondern eine Geschichte über Erinnerung, Sehnsucht und
Wahlfreiheit.

Ich widme euch dieses Werk mit Respekt, Zuneigung
und der tiefen Hoffnung, dass wir – trotz unterschiedlicher Wege –
immer am selben Tisch sitzen können.

INHALT

Veganer sterben anders

TEIL I:
NUR GESCHMACK IST WAHRHEIT

PROLOG

Sie sagten, es sei für das Gute. Für die Tiere. Für das Klima. Für uns alle. Die Welt, wie wir sie kannten, endete nicht mit einem Knall. Sie endete mit einem Kompromiss.

Im Jahr 2035 veröffentlichte das RUBIN-Institut für Ethik und Ernährung einen Bericht, der das globale Ernährungssystem nachhaltig erschütterte. Der sogenannte „Rubin-Report" war kein Dokument der Apokalypse – er war kühl, wissenschaftlich, gnadenlos logisch.

Die Zahlen: erschütternd. Tierhaltung war verantwortlich für über 28% der globalen Emissionen. Wasserverbrauch, Antibiotikaresistenzen, Mikroplastik in Milch, hormonelle Verformungen in Fisch – alles war bekannt. Doch jetzt war es belegt. Evidenzbasiert. Unleugbar.

Der öffentliche Aufschrei war groß, doch er verhallte schnell im Rauschen der nächsten Nachrichtenwelle. Es waren nicht Proteste, sondern politische Stillstände, die das System kippten. Regierungen handelten nicht aus Moral – sondern aus ökonomischem Druck. Ressourcen waren endlich, Katastrophen nahmen zu, und die Bevölkerung wuchs. So wurde das Essen neu geregelt – nicht aus Einsicht, sondern aus Notwendigkeit.

2037 wurde der Globale Ernährungsethikvertrag (GEV) verabschiedet. In ihm einigten sich 119 Nationen auf eine radikale Wende: Der vollständige Ausstieg aus der Nutztierhaltung bis zum Jahr 2045. Das Verbot betraf alles: Fleisch, Milch, Eier, Honig, Fisch – sogar Insekten wurden kategorisch ausgeschlossen. Nicht aus Grausamkeit, sondern aus Prinzip. Kein Tier dürfe mehr Objekt sein.

Die Übergangszeit war brutal. Bauern verloren ihre Existenz. Traditionsreiche Metzgereien wurden enteignet. Käsereien verwandelten sich in Fermentationslabore. In Werbespots sprach man von „Proteinsicherheit", „Texturinnovation" und „dem neuen Geschmack der Moral". Geschmack wurde standardisiert, reguliert, gleichgeschaltet.

Der Staat investierte Milliarden in sustentive Ernährungseinheiten – Geräte, die in jedem Haushalt synthetische Nahrung aus Pressblöcken und Neutralflüssigkeit erzeugten. Sie waren effizient. Sie waren rein. Sie waren ohne Erinnerung.

2045 war es vollbracht. Das letzte offizielle Tier wurde abgeschafft. Seither ist alles, was tierisch schmeckt, verboten. Nicht aus Sadismus. Sondern aus Systemtreue. Wer dagegen verstößt, gilt nicht nur als Straftäter, sondern als Relikt. Ein Regressiver. Ein Romantiker. Ein Geschmacksterrorist. Der Mensch wurde ethisch. Aber leer.

Vegan zu leben ist keine Wahl mehr.

Es ist Gesetz. Und wie bei allen Gesetzen, die das Private regeln, beginnt der Widerstand im Heimlichen – im Riechen, im Erinnern, im Schmecken.

In dieser neuen Welt ist das Sterben nicht mehr wie früher. Kein letzter Braten. Kein Seelenschmaus. Kein Löffel Suppe von der Großmutter. Der Tod ist kalkuliert. Schmerzarm. Vegan.

Aber nicht alle sterben so.

Manche sterben mit dem Geschmack von Verbotenem auf der Zunge. Mit einem letzten Biss, der alles sagt, was sie nicht mehr sagen durften.

Denn: In dieser Welt ist Sterben auch ein Akt der Erinnerung. Eine letzte Rebellion. Ein Ausrufezeichen im Schweigen.

„Veganer sterben anders", sagt man. Und meint damit:

Sie sterben ohne zu kauen. Ohne zu riechen. Ohne sich zu erinnern.

Aber manche – sie kosten noch einmal. Und ihr Tod erzählt eine Geschichte. Von Geschmack. Von Schuld. Und von der Frage, ob Ethik ohne Kultur überhaupt überleben kann.?

DIE FLEISCHLOUNGE

„Sagen Sie bloß, das da war mal ein Schwein?"

Luise Becker beugte sich über das, was früher wohl ein Buffet gewesen sein musste. Jetzt war es nur noch ein Trümmerfeld aus zerrissenen Aluschalen, ausgelaufenen Soßen und fettigen Fingerabdrücken. Auf einem massiven Holzbrett klebten die Überreste von etwas Dunkelrotem – von Sehnen durchzogen, von weißen Fasern durchsetzt – eindeutig Fleisch. Eindeutig tierisch. Der Gerichtsmediziner, glatzköpfig, Anfang dreißig, Triathlet, Veganer, mit ernster Miene und einem Biosensor in der Hand, nickte. „DNA-Probe läuft. Verdacht auf echtes Schweinefleisch. Sauen-Niveau. Bio, wenn ich's mir erlauben darf." Luise schnaubte. „Bio. Als ob das jetzt noch irgendetwas zur Sache tut." Ein Kollege schob sich mit einer Trage vorbei. Darauf eine nackte Leiche, bedeckt mit einer goldglänzenden Rettungsdecke. Auf der Brust: eine Tätowierung.

Freiheit für Geschmack!

Die Buchstaben wirkten frisch, fast als hätte das Opfer sie erst kürzlich stechen lassen. Vielleicht für den letzten Akt seines Lebens. „Name?"

fragte Luise.

„Männlich, Mitte vierzig. Food-Influencer. Alias @Kochrebell74. 120.000 Follower auf Fleischflix."

Luise runzelte die Stirn. Fleischflix – ein Untergrundnetzwerk für kulinarische Extremisten. Ihr war der Name bekannt. Irgendwo in den tiefen Datenbanken der Behörde gab es bereits Akten dazu. Dicke Akten. Die Art, die man lieber ruhen ließ. Sie spürte, wie sich ihr Magen zusammenzog. Nicht wegen der Leiche, nicht wegen des Bluts oder der grotesken Szenerie – das war Alltag. Nein, es war der Geruch. Ein Braten. Ganz eindeutig. Butter, Rosmarin, vielleicht etwas Knoblauch. Ein Aroma, das verboten war, aber sich tief in ihr Gedächtnis grub. Wie eine Schuld, die man nie beglichen hatte. Die Lounge, in der sie standen, war wie ein surrealer Hybrid aus Gourmetrestaurant und Untergrundbunker. Goldene Gabeln. Schieferplatten. Tapeten aus Metzgerpapier mit eingebrannten Rezepturen. Und mittendrin: Fetzen, Reste, zerstörte Inszenierung. An einer Wand stand in rotglänzender Schrift: *Nur Geschmack ist Wahrheit.* Luise trat an einen der Überlebenden heran. Ein Mann mit sorgsam gegeltem Haar, einem Poncho aus Ziegenwolle und wild flackernden Augen. „Sie waren hier?" – „Ich? Ich dachte, das sei eine... spirituelle Salzerfahrung." – „Sie haben Steaksoße im Bart." – Er fuhr sich erschrocken über das Kinn. „Das... das war aus dem Museumsshop!" – „Name?" – „Timo Schrader. Ich hatte nur ein Abo bei denen." – „Abo?" – „Fürs Fleisch. Also... fürs Erlebnis. Ich bin Veganer, wirklich! Aber das ist therapeutisch anerkannt – Kompensatorische Rückführung. Einmal im Monat. Unter ärztlicher Aufsicht." Luise tippte es in ihr Pad. Rückführungswahn – Stufe 2. Ein Kollege trat hinzu, scannte einen weiteren Gast mit einem tragbaren Bio-Detektor. „Nichts als Algenöl und Birkenbarkersatz bisher." – „Vielleicht hat er nur geguckt", murmelte Luise. – „Oder gerochen." – „Reicht für Verdacht. Paragraf 7: olfaktorische Absicht." Dann trat der Gerichtsmediziner erneut zu ihr. Er hielt ein kleines Reagenzglas in der Hand. Darin: ein dünner Fettfilm. „Eindeutig Schwein. Tiefgefroren, aber alt. Wahrscheinlich vorlegale Lagerung. Und perfekt zubereitet." – „Ein Gourmetmord also?" – „Oder ein Statement." Ein anderer Ermittler hob vom Boden eine Spur auf – Fett, vermischt mit etwas Papier. Ein zusammengefalteter Zettel. Luise entfaltete ihn vorsichtig. Ein einziges Wort stand darauf: *Metzger*.

Sie trat zurück. Betrachtete die Szene neu. Der Schinken auf dem Boden. Die arrangierten Teller. Die bewusst platzierte goldene Gabel. Nichts davon war zufällig. „Wir haben es hier nicht nur mit Fleisch zu tun", murmelte sie. „Sondern mit Geschmacksterror." Im oberen Stockwerk fanden sie einen versteckten Nebenraum – von außen als Abstellkammer getarnt. Innen: ein alter Ofen, noch warm. Daneben: ein Bräter mit Soßenresten, Muskat, Thymian, Butter. Und ein abgegriffenes Notizbuch. Die meisten Seiten leer, bis auf eine:

„Jede Mahlzeit ist ein Manifest."

Luise ließ das Buch sichern. Der Techniker funkte kurz darauf. Sie hatten ein Signal aufgefangen. Codiert. Fragmentiert. Quelle: ein privates Subnetz. Jemand hatte den Braten gestreamt. Live. Im sogenannten Darkfood-Netzwerk. Eine Plattform für zahlende Abonnenten. Für Gourmets im Untergrund. Die Küche war Bühne. Die Lounge: Tatort und Theater zugleich. Und jemand hatte das Spektakel gesehen. Als Luise später draußen stand, fiel der Nebel über die Stadt. Vor dem Einsatzwagen blieb sie kurz stehen. Ihre Brille vibrierte – eine interne Nachricht. Absender: Unbekannt. Inhalt: nur ein einziges Wort. Willkommen. Sie antwortete nicht. Stattdessen fuhr sie allein zurück zur Behörde. Im Eingangsbereich roch es nach Desinfektionsmittel und Industriekaffee. In der Kantine standen zwei Kollegen vor einem Automaten, der lautlos eine Portion Proteinschaum in einen Becher presste. „Schon wieder Geschmacksterrorismus?" fragte einer. „Schlimmer", sagte Luise. „Ein Bekenntnis." Später, im Verhörraum, saß der Mann mit dem Grünkern im Haar. Zitternd. Er redete schnell, zu schnell, doch zwischen den wilden Rechtfertigungen und brüchigen Halbsätzen fiel ein Name: MZ-LX.

„Das ist der Kurator. Metzger-Lux. Der gibt die Rezepte raus. Er entscheidet, wer eingeladen wird. Und was gekocht wird." – „Gibt es Bilder?" – „Nie. Er trägt eine Maske. Aus Alu. Manche sagen, er war früher Sternekoch. Andere sagen, er war Chirurg." – „Und wo findet man ihn?" – „Man findet ihn nicht. Er findet dich." Als der Mann abgeführt wurde, holte sich Luise ein Brötchen aus dem Automaten. Dinkel, homogenisiert, proteinverstärkt. Sie biss hinein. Kein Widerstand. Kein Aroma. Nur Konsistenz. Es sättigte, aber es sagte nichts. Es war keine Mahlzeit. Es war Verwaltung.

Spät in der Nacht saß sie in ihrer Wohnung. Der Raum war still. Auf dem Bildschirm: ein internes Memo. Fallstatus: erhöht auf Level 3. Subversive kulinarische Bewegung. Möglicher Bezug zu RUBIN. Intern gesperrt. Zugriff verweigert. Luise rieb sich die Augen. Dann schaltete sie den Monitor aus. Die Brille vibrierte erneut. Diesmal: ein Bild. Eine Gabel. Eingraviert: Nur Geschmack ist Wahrheit. Und darunter: Koordinaten.

Zwei Tage später.

Die Koordinaten führten sie in eine stillgelegte Industriehalle am Rand der Stadt. Von außen nichts als Beton und Rost. Innen: eine neue Welt. Kunstlicht. Stahl. Und der Duft von Gekochtem. Luise trug zivil, eine Kamera in der Brille, ein Mikrosender im Ärmel. Sie hatte sich als „Ernährungsarchäologin" ausgegeben, um Zugang zu erhalten. Ein Tarnberuf, der in Kreisen wie diesen respektiert wurde. Sie wurde freundlich empfangen. Von Menschen, die aussahen wie Banker, Künstler, Programmierer. Jeder hier war jemand. Niemand war sichtbar. Ein Mann reichte ihr ein Amuse-Gueule – eine Praline mit Fleischkern. Kalb, sagte man. Eingelegt in fermentierter Zwiebel. Luise roch daran, hielt inne, reichte es weiter. In der Mitte der Halle: ein Tisch. Zwölf Gedecke. Und am Kopfende: eine Gestalt mit Alumaske. Kühl, glatt, gesichtslos. MZ-LX. „Willkommen", sagte er. Die Stimme: tief, elektronisch verfremdet. „Wir sind heute hier, um die Wahrheit zu schmecken. Nicht zu diskutieren. Nicht zu rechtfertigen. Nur zu schmecken." Ein Gang nach dem anderen wurde serviert. Hirsch mit Vanille-Salz. Fasanenleber auf Selleriekaramell. Niemand sprach. Nur ein Rauschen aus Atem und Erinnerung. Luise notierte alles – mit Augen, Ohren, Nase. Dann wurde sie angesprochen. „Du bist neu", sagte die Maske. „Ich war hungrig", antwortete sie. „Hunger ist der Anfang." Nach dem Dessert – eine rohe Gänsestopfleber auf Blutorange – verließen die Gäste schweigend den Raum. Nur MZ-LX blieb. Er reichte ihr eine Karte. Darauf: ein einziger Satz. „Wenn du bereit bist, wirst du kochen."

Zurück in der Behörde. Niemand glaubte ihr. Keine Kamera hatte etwas aufgenommen. Der Sender hatte versagt. Oder war blockiert worden. „Was schlagen Sie vor?" fragte ihr Vorgesetzter. „Zulassen. Weitergehen. Ich gehe tiefer. Ich will wissen, wie weit sie schon sind." – „Sie riskieren Ihre Lizenz." – Luise nickte. „Manche Wahrheiten sind das Risiko wert." Als sie ihre Wohnung betrat, wartete dort ein Paket. Darin: ein kleines Messer. Eine Gravur. *Geschmack ist Entscheidung.* Und darunter: ein Datum. Es war übermorgen.

HEIMLICHE RESERVE

Zuhause. Tür zu. Vorhänge zu. Schuhe aus. Direkt zur Küche. Luise öffnete das Geheimfach unter der Spüle. Die Blechkiste war staubig, kalt, schwer. Das Schloss klickte leise. Drinnen: eine einzelne Dose Gulaschsuppe mit Rindfleisch, Jahrgang 2027. Daneben: ein zerlesener Hemingway, das Foto ihres Vaters mit einem Kalb auf dem Arm, dass er einmal rettete – oder schlachtete, niemand wusste das mehr genau. Sie setzte sich an den Küchentisch. Die Dose vor sich. Ihre Finger glitten über das Etikett, das sich an den Ecken bereits löste. „Nur riechen", flüsterte sie. Dann öffnete sie sie langsam, als öffne sie ein Kapitel, das niemand mehr lesen durfte. Der Duft war ein Schlag ins Gesicht: Fleisch, Zwiebel, eine Spur Pfeffer. Und Schuld. Ihre Hände zitterten, der Atem ging flach, sie schloss die Augen. Atmete durch. Da vibrierte ihr Dienstgerät. Einsatz. Kindergarten. Verdacht auf Leberwurst im Pausenbrot. Sie stöhnte. Schloss die Dose. Verstaute sie. „Morgen, Gulasch", sagte sie. „Morgen bin ich mutiger." Die Küchen-KI meldete sich in neutraler Tonlage. „Hinweis: Sie haben heute 38g Lupineneiweiß zu wenig aufgenommen." –

„Belehrungen deaktivieren." – „Belehrungen deaktiviert. Möchten Sie stattdessen eine ethische Affirmation?" – „Na los." – „Menschlich ist, was dem Tier nicht schadet." Luise lachte kurz. Bitter.

In der Bahn zur Einsatzstelle blickte sie auf die Stadt, die sich wie eine Simulation vor ihr ausbreitete: Filtertürme säumten die Dächer, grüne Lichter blinkten an jeder Ecke, Foodsharing-Automaten bewarben synthetische Burger mit gefühlsneutralen Versprechen. Eine Welt, die vorgab, ethisch zu sein – aber leer schmeckte. Im Kindergarten zitterte die Erzieherin. „Ich hab's nicht gesehen, ehrlich! Aber… es roch so echt!" Ein kleiner Junge saß mit ausgeräumtem Brot vor ihr. Der Sensor in Luises Brille blinkte rot: Tierprotein. Unverarbeitet. Wahrscheinlich Schwein. „Was war in deinem Brot?" – „Wurst. So wie bei Opa." Die Eltern des Kindes wurden kontaktiert. Die Mutter war blass, unsicher. „Das war der Opa! Er… er hatte noch was eingefroren. Ich wusste nichts davon!" Luise notierte: Verdacht auf Generationen-Schmuggel. Das Brot wurde versiegelt, die Wurstreste eingetütet. Ein Kollege murmelte, ohne hinzusehen: „Noch einer, der's nicht lassen kann."

Auf dem Rückweg hielt sie am Straßenrand. Der Fall ließ sie nicht los. Zuhause ging sie wieder zur Kiste. Nahm die Dose. Hielt sie lange in der Hand. Doch sie öffnete sie nicht. Stattdessen suchte sie alte Akten. Dort, wo sie nicht hätte suchen sollen. Ein Fall mit dem Codewort RUBIN. Es war gelöscht. Nur ein Anhang blieb: ein Symbol – Messer und Lorbeer. Der Metzger. Schon wieder. Sie klickte auf ihre Datenbank. Eine Notiz, ein Stichwort, ein Bild – alles gelöscht. Nur ein Satz war übrig: „Nur Geschmack ist Wahrheit." Luise wusste: Das war kein einzelner Fall. Kein Unfall. Es war eine Bewegung. Und sie hatte gerade erst begonnen.

In der Nacht wachte sie auf. Schweiß auf der Stirn. Der Geschmack von Pfeffer und Fett in der Kehle, obwohl sie nichts gegessen hatte. Sie träumte von Tellern, auf denen die Wahrheit lag. Von Stimmen, die ihr sagten, dass Vergessen ein Dienst sei. Aber sie wollte nicht mehr dienen. Nicht so. Am nächsten Tag befragte sie Milans Mutter. Der Junge aus dem Kindergarten. Die Frau war ruhig, müde. „Mein Vater hat früher gekocht. Für Feste. Für alle. Ich weiß noch, wie es gerochen hat, als ich klein war. Und dann… dann wurde alles leise. Die Küche wurde leer." – „Haben Sie gewusst, dass er noch Reste hat?" – „Ich habe es geahnt. Aber was soll ich machen? Ich bin aufgewachsen mit Bratensauce. Und mein Sohn fragt mich, warum Soße nicht riecht." Luise schrieb nichts auf. Sie nickte nur.

Wieder zuhause öffnete sie die Dose. Nur einen Spalt. Der Dampf stieg ihr ins Gesicht. Der Geruch war alt, schwer, warm, lebendig. Und wieder schloss sie sie. Nicht heute. Aber bald. Am Bildschirm flackerten Daten: neue Fälle, Verdachtsmeldungen, eine steigende Zahl von „Aromaverstößen". Immer mehr Menschen rochen. Immer mehr Menschen erinnerten sich. Der Ethikbericht sprach von einer „Welle der sensorischen Regression". Sie nannten es Regression. Luise nannte es Rückkehr. In der Kantine der Behörde roch alles nach warmem Kunststoff. Sie saß still mit einer Schale grünlichem Brei. Niemand sprach. Niemand kaute wirklich. Es war Essen ohne Widerstand. Ein Kollege setzte sich zu ihr. Jensen. Seit Jahren dabei. Er flüsterte: „Du warst doch bei dem Fleischfall gestern, oder?" – „War ich." – „Hast du's gerochen?" – „Ich bin nicht blind." – „Ich meine… hast du's erkannt?" Luise sah ihn an. Und nickte. „Ich auch. Ich war mal Metzger. Vor dem Gesetz. Mein

Geruchssinn ist nicht tot." – „Was willst du mir sagen?" – „Dass du nicht allein bist."

Danach fand sie ein altes Gerät in ihrer Spindtasche. Ein Pad. Nicht registriert. Darauf: ein einziger Eintrag. Ein Rezept. Handschriftlich digitalisiert. Rindergulasch mit Wacholder. Und am Rand eine Notiz: „Wenn du das liest, warst du nie nur Ermittlerin." Am selben Abend nahm sie sich frei. Ohne offizielle Abmeldung. Sie ging zu Fuß durch das Regierungsviertel, bog in eine alte Passage ab. Dort, wo früher Bücher verkauft wurden, saß nun ein Mann an einem Klapptisch. Vor ihm: ein Messer, eine Thermoskanne, ein einziger Löffel. Als sie näherkam, sagte er leise: „Du hast gerochen. Jetzt musst du entscheiden." – „Wer sind Sie?" – „Ich war Koch. Jetzt bin ich Zeuge." – „Wovon?" – „Vom ersten Biss. Und vom letzten." – „Der Metzger?" – „Er kommt nicht. Er wird gesucht." Luise trat zurück. Aber er reichte ihr etwas. Ein Tuch. Darin: ein Bröckchen Fett, eingewickelt in Wachspapier. „Für später", sagte er. „Wenn du wirklich wissen willst, was du vermisst."

Zuhause legte sie es neben die Dose. Und wusste: Beim nächsten Mal würde sie es nicht nur öffnen. Sie würde essen. Und sie würde nie wieder dieselbe sein. Sie saß lange vor der Kiste, den Hemingway in der Hand, las nichts, aber blätterte durch die Seiten, als könnte der alte Text ihr eine Antwort geben. Ihr Vater auf dem Foto, das Kalb in seinen Armen – seine Hände voller Ambivalenz. War er Täter? Beschützer? Beides? In ihren Gedanken liefen Bilder aus einer Zeit, die man ihnen geraubt hatte: Kochtöpfe dampften, Stimmen lachten, Essen verband. Jetzt war alles berechnet, steril, sicher. Aber nicht echt.

In der Nacht vibrierte ihre Brille erneut. Nachricht. Unbekannt. Nur ein Link. Sie klickte. Ein Tonfile. Der Klang einer köchelnden Suppe. Und darunter eine Zeile: „Wenn du riechst, bist du bereit." Sie weinte nicht. Aber etwas in ihr zitterte. Wie eine Tür, die sich langsam öffnete. Die nächste Woche war ruhig. Zu ruhig. Nur kleinere Einsätze. Geruchsverdacht bei alten Möbeln, Kinder mit Aromakaugummis, ein Mann mit verstecktem Parmesan im Turnschuh. Doch unter der Oberfläche rumorte es. Die Zahl der illegalen Geschmacksspuren stieg. Überall roch es. Und niemand konnte sagen, woher. Am Freitag stand Jensen wieder an ihrem Tisch. Keine Worte. Nur ein Blick. Und ein kleiner Umschlag. Darin: eine Einladung. Kein Absender. Nur Datum, Uhrzeit, Koordinaten. Und ein Wort: „Reserve". Am Abend ging sie dorthin. Ein ehemaliges Parkdeck, umgebaut zu einem versteckten Ort. Kerzen. Echte. Ein Dutzend Menschen. Keine Namen. Keine Fragen. In der Mitte: ein Topf. Es roch nach Heimat. Nach Hunger. Nach Wahrheit. Und sie wusste, ohne Zweifel: Sie würde kosten. Und nie wieder aufhören.

DIE KLEINE LEBERWURST-VERSCHWÖRUNG

„Wie alt ist das Kind?" – „Fünf. Nimmt sein Brot mit mathematischer Präzision auseinander." Luise kniete sich neben Milan. Vor ihm: ein halbierter Vollkorntoast, säuberlich aufgeklappt wie ein Untersuchungsobjekt. Daneben ein Becher Tomatenscheiben, unangetastet. Der Junge wirkte ruhig, beinahe stolz. Nicht trotzig, eher wie ein kleiner Archäologe auf der Suche nach etwas, das ihm längst verloren gegangen war. „Was war heute drin, Milan?" – „Wurst." – „Was für Wurst?" – „Leberwurst. So wie bei Opa. Aber Mama sagt, die gibt's gar nicht mehr." Luise roch es sofort. Noch bevor der Sensor in ihrer Datenbrille aufleuchtete, wusste sie: Das war echt. Tierisch. Alt. Keine Laborfälschung, kein synthetisches Aromamodell, sondern etwas Unerlaubtes. Ihre Brille bestätigte: Tierprotein. Retro-enzymatisch konserviert. Schwein. Leber. Majoran. Der Duft war eindeutig. Nostalgisch. Anklagend. Die Kindergärtnerin stand im Hintergrund, bleich, die Finger zitternd. „Ich hab die Eltern informiert. Das ist ein Meldeverstoß. Paragraph 11b – nonkonformes Pausenzubehör."

Im Flur eine Mutter mit Baby auf dem Arm. Aufgebracht, erschöpft, laut. „Dürfen Kinder jetzt gar kein echtes Brot mehr?" – „Nur mit zertifiziertem Aufstrich", sagte Luise neutral. – „Und Honig?" – „Bienenarbeit gilt als ausgebeutete Dienstleistung." – „Mein Sohn wird nie wissen, wie echtes Essen war." Dann kam die Frage, die sie immer traf: „Was essen Sie eigentlich, privat?" Luise wich aus. Wie immer.

Zurück in der Zentrale analysierte das Labor die Probe: Leberwurst, eindeutig illegal. Und fast historisch. Herkunft: vermutlich späte DDR-Industriecharge, ultralange Haltbarkeit, tiefgefroren, illegal aufbewahrt. Der Kollege Jensen las laut vor: „Retro-Konserve, chargiert 2027, Herkunft: unbekannt. Zusatzstoffe: keine. Verdacht auf kultische Speicherung." Dann sah er sie an. „Das ist nicht nur Schmuggel. Das ist Nostalgie. Und Widerstand." Die Daten führten sie zur Bio-Kooperative Brandenburg. Ein lose verbundenes Netzwerk, offiziell stillgelegt. Die angegebene Lieferperson: keine Ethik-ID. Kein Lebensmittelschein. Stattdessen nur ein altes Symbol, gescannt von der Paketseite. Messer, Lorbeerkranz. Luise starrte es an. Flüsterte: „Der Metzger." Sie kannte das Zeichen. Es tauchte immer wieder auf, bei gelöschten Berichten, in gesperrten Protokollen, in Gerüchten. Sie grub tiefer, ging an die Grenze dessen, was sie digital durchsuchen durfte. Und fand – fast nichts. Nur Fragmente eines alten, nie freigegebenen Falles: Projekt RUBIN. Keine offenen Akten, nur ein Vermerk: „Bezug zu Geschmackskulten. Ehemalige Sicherheitskräfte. Mutmaßlich operative Untergrundküchen." Alles andere: geschwärzt.

Sie rief Karl an. Früher war er Ermittler wie sie. Jetzt war er verschwunden, untergetaucht, offiziell in „psychosensorischer

Rekonvaleszenz". – „Ich brauche dich." – „Ich hab dir gesagt, ich bin raus." – „Ich bring Bier. Kein Soja." – Stille. Dann: „Bring was Ordentliches. Und alte Gabeln. Die neuen halten das nicht aus." Am Abend saßen sie in seiner Küche. Altmodisch. Holzstuhl, Stofftischdecke. Die Luft roch nach Brot. Echtem. Nicht legal, aber warm. Er hatte nie aufgehört, so zu leben. „Du weißt, was du da tust, oder?" fragte er. – „Ich will es wissen." – „Es ist keine Ermittlung. Es ist eine Entscheidung." Sie schwieg. Dann sagte er: „Wenn du wirklich willst, fahren wir morgen." Am nächsten Tag, frühmorgens, fuhren sie los. Salzburg. Die Felder leer, von Monokulturen überformt, der Himmel grau, schwer. Luise blickte hinaus. „Bereit?" fragte Karl. – „Ich weiß nicht. Aber ich fahre trotzdem." – „Dann bist du es vielleicht." Sie kamen an. Eine alte Halle, von außen unscheinbar. Innen: Kerzenlicht, Holz. Zwei Männer in Schürzen standen am Eingang. Einer roch an ihrer Hand. Wortlos. Dann nickte er. „Du trägst Erinnerung. Du darfst eintreten." Drinnen war es still. Kein Gerät, keine Anzeigen, keine Stimmen. Nur der Geruch von Brühe, Fett, Kräutern. In der Mitte ein langer Tisch. Auf ihm: ein Teller mit Fleisch. Menschen standen im Kreis. Niemand sprach. Dann trat eine Frau vor. Alt. Klar. „Was suchst du?" – „Geschmack", sagte Luise. „Und Wahrheit." – „Dann iss." Sie aß. Kaute. Schluckte. Das Fleisch war weich, kräftig, lebendig. Kein künstlicher Ersatz. Keine Entschuldigung. Ein Gedächtnis. Und sie wusste, dass sie nicht mehr zurückkonnte. Später saßen sie in der Ecke. Man reichte ihr ein Buch. Keine Druckschrift. Handschriftlich. Rezepte, Gedanken, Skizzen. Oben auf der ersten Seite: „Das Gedächtnis der Zunge ist älter als jedes Gesetz." Ein Satz, der brannte. Eine Stimme las leise vor: „Wir kochen nicht, um zu provozieren. Wir kochen, um zu erinnern. Das Verbotene ist nicht das Tier. Es ist die Erinnerung an das Tier." Luise blätterte weiter. Rinderroulade mit Senf. Hirschragout. Sauerkraut mit Schmalz. Es war, als würde sie Seiten ihrer Kindheit neu lesen. Am Rand ein Name: MZ-LX. „Der Metzger", sagte sie. „Er lebt." – „Er ist viele", sagte die Frau. „Er ist nicht eine Person. Er ist ein Rezept, das weitergegeben wird."

Am Ausgang bekam sie ein kleines Paket. Darin: ein Glas mit hellbraunem Aufstrich. Leberwurst. Handgemacht. Auf der Rückseite: ein kleines Etikett. Kein Barcode. Kein Haltbarkeitsdatum. Nur ein Satz: „Was du nicht isst, wird vergessen." Zuhause legte sie es neben die Dose mit dem Gulasch. Und wusste, dass sie etwas mitgenommen hatte, das mehr war als Geschmack. Es war eine Entscheidung.

In den Tagen danach arbeitete sie weiter. Die Welt tat, als wäre nichts geschehen. In der Behörde wurden neue Vorschriften verlesen. Sensoren sollten verbessert werden. Ein Ethikrat wurde gegründet, um gegen „kulinarische Regression" vorzugehen. Luise schwieg. Aber sie sah es überall. Kollegen, die länger am Automaten rochen. Kinder, die fragten, warum synthetisches Fleisch nicht knuspern konnte. Alte, die von Bratkartoffeln träumten. Der Hunger war da. Und er wuchs. Eines Morgens fand sie in ihrem Spind einen Umschlag. Kein Absender. Darin: ein Foto. Sie selbst, wie sie am Tisch in der Halle aß. Auf der Rückseite: „Du hast gewählt." Sie hatte keine Angst. Nur Gewissheit. Sie war nicht mehr nur Ermittlerin. Sie war Teil einer Geschichte, die nicht gelöscht werden konnte. Als sie wieder zu Milan ging, schenkte er ihr ein Bild. Ein Brot. Darauf ein Herz. „Mama sagt, du bist mutig." – „Nein", sagte Luise. „Ich hab nur nicht vergessen, wie's riecht." Und das reichte. Noch.

DER METZGER TAUCHT AUF

Der Transporter fuhr über eine namenlose Landstraße, das Radio war tot, das Navi abgeklemmt, keine Musik, keine Stimmen, nur das rhythmische Rumpeln der Reifen auf dem rissigen Asphalt. Karl lenkte, wie er immer lenkte – ohne Tempolimit, ohne Rückspiegel, ohne Absicht, irgendwohin zu fahren, und doch mit dem sicheren Wissen, genau anzukommen. Neben ihm saß Luise, den Blick starr auf die endlosen Felder gerichtet, die keine Ernte mehr trugen, sondern Solarpaneele und Verbotsschilder. Ihr Mantel war alt, aus Wolle, etwas zu schwer für die Jahreszeit, und roch nach Kellerschimmel, nassem Papier und einer Erinnerung, die nicht vergehen wollte. Der Geruch des Ledersitzes – eine Mischung aus kaltem Fett und alten Gewürzen – ließ ihr Herz schneller schlagen, nicht aus Angst, sondern aus einer Art Ehrfurcht, als säße sie in einem Denkmal, nicht in einem Auto. Oder war es das, was vor ihr lag, dass ihren Puls beschleunigte?

„Du hast dich verändert", sagte Karl plötzlich, ohne den Blick von der Straße zu nehmen, sein Ton so ruhig, dass man glauben konnte, es sei keine Feststellung, sondern ein meteorologischer Bericht. „Du auch", antwortete Luise, „früher hast du geredet, wenn man dich gefragt hat." – „Früher durfte man noch reden." Sie ließ das Fenster einen Spalt offen, nur einen Finger breit, und spürte, wie ihr die Luft ins Gesicht strich – keine Landluft, wie sie sie als Kind kannte, kein Heu, kein Mist, nur der flüchtige Duft von Plastikerde, recyceltem Wasser und ganz weit hinten – Rauch. Holzrauch, nicht Datenzentrum.

„Was weißt du über den Metzger?", fragte sie, fast beiläufig, als ginge es um einen längst vergangenen Fall. „Er ist kein Mann", sagte Karl, „nicht mehr. Vielleicht war er mal einer. Vielleicht war er viele. Jetzt ist er ein Gerücht mit Geschmackssinn. Eine Bewegung mit Messer. Ein Rezept, das weitergeschrieben wird." – „Ich brauche mehr." Karl griff in die Seitenablage und reichte ihr ein dickes Stück Karton. Handgeschöpftes Papier, ein Symbol eingeprägt: ein Messer, eingerahmt von einem Lorbeerkranz. Darunter stand mit dunkler Tinte:

Die Halle – 22:00 Uhr. Eintritt nur mit Geschmack.

„Das ist echt?", fragte sie. – „So echt wie Blut auf einem Sojaburger." Danach schwiegen sie lange. Die Straße wurde schmaler, das Licht seltener, die Schilder fehlten. Die Halle lag jenseits eines verfallenen Industrieparks, umwuchert von Brombeeren, eingerahmt von Birken, deren Rinde wie Papier wirkte. Kein Licht. Keine Bewegung. Nur zwei Männer in dunklen Lederschürzen. Einer trat vor, legte seine Hände sanft auf ihre, roch an ihren Fingern, als suche er nach Erinnerung. „Du trägst Erinnerung", sagte er. „Du darfst eintreten." Drinnen war es dunkel, aber nicht tot. Kerzen warfen flackerndes Licht auf raue Wände. Der

Holzboden knarzte unter ihren Schritten. Die Luft war schwer von Düften – Zimt, Rauch, Fett, etwas Dunklem, das sie nicht benennen konnte. An den Wänden hingen ausgediente Fleischhaken, rostig, dekorativ, wie Mahnmale. In der Mitte des Raumes: ein Podest. Darauf ein einzelner Teller. Darauf ein Stück Fleisch. Zart. Blutrot. Es dampfte noch.

Ein Kreis von Menschen stand darum, schweigend, erwartend, jeder mit gesenktem Blick, als stünde ein Altar vor ihnen. Ein alter Mann trat hervor. Sein Bart war wie Asche, seine Augen wie Stahl. „Willkommen", sagte er. „Du suchst den Metzger? Vielleicht bist du ihm schon begegnet. Vielleicht bist du auf dem Weg, es zu werden." Luise sagte nichts. Sie spürte, wie jeder Satz einen Raum in ihr öffnete, den sie lange verschlossen hielt. Der Mann reichte ihr ein Messer. Es war schwer. Der Griff aus Holz, abgenutzt, mit Kerben, wie Zähne. „Schneide. Koste. Entscheide." Sie schnitt. Das Fleisch gab nach, weich, saftig, als hätte es auf sie gewartet. Der Duft war ein Echo aus einer Zeit, bevor Schuld einen Geschmack hatte. Wie Kindheit. Wie der Hof. Wie Sonntage. Sie kaute. Langsam. Bedächtig. Die Halle hielt den Atem an.

Dann schluckte sie. Nichts passierte. Und doch alles. Ihre Sinne explodierten. Erinnerungen stiegen auf, ungerufen: das Brotmesser ihres Vaters, die Bratkartoffeln der Großmutter, die Stimme der Mutter, die sagte: „Iss langsam, Kind, dann schmeckst du mehr." Sie war nicht mehr in der Halle. Sie war überall, wo Geschmack noch Sprache war. Dann Applaus. Leise. Respektvoll. Ein junger Mann trat zu ihr. Er sah aus wie ein Techniker, aber seine Augen waren alt. „Du warst bei der Behörde." – „Bin ich noch." – „Nicht mehr. Nicht nach dem ersten Biss." Sie wollte widersprechen. Doch da war nur Wahrheit. Und Geschmack. Jemand reichte ihr ein Paket. Darin: ein Stück Speck, vakuumiert. Ein Knochenöffner. Eine Adresse. Keine Erklärung. Karl wartete draußen. Rauchend. Den Blick auf den Horizont gerichtet, wo nichts war außer Nacht. „Du hast probiert", sagte er, ohne sich umzudrehen. – „Ich habe geschmeckt." – „Dann brauchst du keine Erlaubnis mehr. Nur noch einen Ort."

Sie fuhren durch die Dunkelheit. Kein Navi. Kein Netz. Nur Sterne. Und irgendwo in der Ferne ein Leuchten, wie ein Feuer, das nicht gelöscht werden wollte. Luise legte die Hand auf das Paket. Und wusste: Die Jagd war vorbei. Jetzt kam das Verstehen. Am Morgen danach stand sie vor dem Spiegel. Ihr Gesicht war dasselbe. Aber in den Augen lag etwas anderes. Kein Glanz. Keine Reue. Etwas Tieferes. Ihre Brille blinkte. Dienstbeginn. Sie zog sie nicht auf. In der Behörde ging sie durch die Schleuse, ohne sich anzumelden. Niemand hielt sie auf. In der Kantine roch es nach Reinigungsmittel. Ihre Kollegen saßen wie immer vor ihren Schalen. Brei. Textur. Nährwert. Keine Gespräche. Kein Kauen. Nur Funktion.

Jensen kam zu ihr. „Du warst weg." – „Ich bin zurück." – „Nicht wirklich." – „Nein." Er sah sie an. Dann sagte er: „Ich hab auch probiert. Vor Jahren. Ich kann's nicht vergessen." – „Das sollst du auch nicht." In ihrem Büro lag ein neuer Auftrag. Leberwurstverdacht. Kita Nord. Sie schloss den Vorgang. Ohne Kommentar. Dann öffnete sie das Paket. Der Speck glänzte, als wüsste er, dass er beobachtet wurde. Sie schnitt ein Stück ab, roch daran. Und lachte. Es war das Lachen eines Menschen, der weiß, dass alles verloren ist – und genau darin die Freiheit liegt. Sie nahm das Messer aus der Tasche. Den Knochenöffner. Und schrieb auf ein Stück

Papier: „Ich bin nicht mehr auf der Suche. Ich hab es gefunden." Dann ging sie. Ohne sich abzumelden. Ohne sich zu verabschieden. Nur der Duft blieb. Und ein leerer Teller auf ihrem Schreibtisch. Darauf ein Satz, eingeritzt mit ruhiger Hand: **Nur Geschmack ist Wahrheit**.

BIO-ETHIK VON INNEN

Sie kehrte zurück, ohne sich zu melden, ohne Erklärungen, ohne Fragen zu stellen oder Antworten zu erwarten. Niemand fragte. Niemand suchte. Die Ethikpolizei war längst kein Ort mehr für Kontrolle, sondern für Verwaltung, für das stille Ertrinken in Regularien, Algorithmen, Fortschrittsphrasen und archivierten Widersprüchen. Wer still war, fiel nicht auf. Und wer auffiel, war bald verschwunden – in andere Abteilungen, in Therapiekreise, in strukturelle Umlenkung.

Luise betrat das graue Gebäude durch den Seiteneingang. Ihre Schuhe quietschten auf dem blanken Kunststoffboden, steril wie eine Zukunft, die niemand je gewollt hatte. Der Empfangsautomat begrüßte sie mit einem Satz aus dem Ethikbuch, Stimme weiblich, stimmlos, programmiert fürs Gewissen: „Verzichte nicht, wenn du verzichten kannst." Sie loggte sich ein, ließ sich die Tagesberichte in die Brille spiegeln und ging wie immer zuerst in die Kantine. Dort saßen sie: die Kollegen, die Chefs, die ewigen Überzeugten. Ihre Tabletts dampften von Brokkoligelee, fermentierten Proteinkuben, Algensuppe in verschiedenen Graustufen. Kein Gespräch.

Nur das Schlürfen von Suppe, das elektronische Kauen der Nutrientschäumer, und der ewig vibrierende Ethikfunk im Hintergrund – sanfte Imperative über Fürsorge, Verantwortung, Künstlichkeit.

Luise setzte sich mit einem Alibi-Smoothie an einen leeren Tisch, der nach Vanillin duftete, aber nichts enthielt, was duften durfte. Niemand beachtete sie. Niemand fragte, wo sie war. Nur die neue Abteilungsleiterin musterte sie von der Seite. Dr. Vera Klang. Vegan seit Geburt, sagt man, mit einem Ethik-Score von 99,7 und einem rechteckigen Schatten unter der Haut, wo ihr rechter Arm eine kybernetische Prothese war – angeblich recycelt aus alten Gartengeräten und einer Milchzentrifuge. Ihre Stimme klang, als würde sie durch einen Reinraum sprechen, klinisch, unberührt. „Becker, Sie sind zurück." – „Ja." – „Unangemeldet." – „Korrekt." – „Wollen Sie mir etwas sagen?" – „Nicht heute." Vera nickte langsam, ein Hauch von Neugier, ein winziger Riss in der Maske. „Dann lassen Sie uns wenigstens beobachten." Sie standen zusammen in einem der alten Überwachungsräume, ein Relikt aus Zeiten, in denen Beobachtung noch sichtbar war. Vor ihnen eine Wand aus Bildschirmen. Kindergärten, Kantinen, Supermärkte, Schulhöfe, Gabeln. „Alles still", sagte Vera. „Und das ist das Beunruhigendste." – „Weil es zu still ist?" – „Weil Geschmack nie ganz verschwindet." Dann wandte sie sich ihr zu. „Ich weiß, dass Sie unterwegs waren." – „Wissen ist ein großes Wort." – „Ich weiß, dass Sie etwas gegessen haben." – „Das ist ein noch größeres." Vera schloss ihre künstliche Hand zur Faust, das leise Surren eines Servomotors klang wie ein kaltes Versprechen. „Ich sehe es in Ihren Pupillen. In Ihrer Haut. Sie riechen anders." – „Wie rieche ich?" – „Wie Erinnerung. Und ich verachte Erinnerung." Luise lächelte, nur ein Hauch, nicht aus Trotz, sondern aus tiefer Müdigkeit. Vera trat näher. „Sie haben ein Protokoll nicht eingereicht. Zwei sogar." – „Es war nichts zu berichten." – „Und doch ist der Verdauungsbericht eines Kindes auf Ihrer internen Liste als vertraulich markiert. Warum?" – „Weil ich kein Monster bin." Vera trat zurück. Ihr Blick war kalt wie Tiefkühlfleisch. „Wir alle sind Monster. Das ist der Preis der Ordnung."

Später saß Luise in ihrem Büro und betrachtete die Akte RUBIN. Nur eine Zeile war noch sichtbar: Zugriff verweigert. Meldung gemeldet. Irgendjemand wusste, dass sie grub. Auf ihrem Schreibtisch stand noch immer das alte Familienfoto – ein Fehler, den sie nun bereute. Ihr Vater mit Kalb, ihre Mutter mit Kittelschürze, der Hintergrund verschwommen, wie durch vergilbte Scheiben. Ein Leben vor der Regulation, vor der Paste, vor der synthetischen Ehrlichkeit. Sie klickte sich durch interne Foren. Verschlüsselte Beiträge, eingebettet in Ernährungsberichte. Codes, die wie Rezepturen klangen, waren in Wahrheit Routen, Uhrzeiten, Namen. Einer fiel ihr besonders auf: „Donnerstag – nasse Gabeln, rückwärts durch die Schleuse." Sie entschlüsselte es: Treffen in Halle 8. Kein offizieller Ort. Seit Jahren nicht genutzt. Abgeschrieben, gelöscht, wie vieles, das zu viel nach Leben roch. Luise wusste, dass sie nicht allein war.

Am Abend traf sie Jensen hinter dem Filterlager. Er trug eine Tarnweste mit der Aufschrift SENSORTECH – ein Vorwand. Niemand prüfte ihn. „Sie waren da, oder?" fragte er. – „Wo?" – „In der Halle." Sie sagte nichts. Er nickte. „Ich habe auch gekaut", flüsterte er. „Seitdem warte ich, dass jemand zurückkommt." Er überreichte ihr ein Gerät. Klein, schwarz, wie ein altes Pager-Modul. „Es öffnet Türen, die nicht mehr existieren sollten." – „Was ist es?" – „Eine Einladung. Und ein

Bekenntnis."

Am nächsten Tag war sie in der Kantine. Vera stand wieder an ihrem Platz, neben dem Tellerautomat, wie eine Priesterin ohne Glauben. Ihr Blick bohrte sich durch das Tablett. „Sie essen nichts." – „Ich esse nichts, was lügt." – „Dann sind Sie hier fehl am Platz." – „Ich weiß." Und sie stand auf. Einfach so. Ohne Abmeldung. Ohne Dienstende. Sie ging hinaus. Der Pager vibrierte. Eine Adresse. Eine Zeit. Keine Namen. Keine Regeln. Sie war auf dem Weg zur nächsten Gabel. Die Halle lag im Schatten der ehemaligen Zentrale für Geschmackskartierung. Ein Ort, der nie offiziell existiert hatte, aber in alten Plänen noch verzeichnet war als „sensorisches Archiv". Sie betrat ihn über eine Nebentreppe, der Pager öffnete eine unsichtbare Tür.

Drinnen: Dämmerlicht. Stimmen. Gerüche. Holz, Fett, Pfeffer, Leben. Kein System. Kein Menü. Nur ein Tisch. Und ein Kreis von Menschen. Sie wurde erwartet. Niemand fragte nach Namen. Niemand wollte Erklärung. Eine Frau reichte ihr einen Teller. Darauf: ein Stück Rind, scharf angebraten, innen noch rosa. Daneben: eine winzige Gabel aus Horn. „Willkommen zurück", sagte die Frau. „Ich war nie weg", antwortete Luise. „Doch", sagte die Frau. „Aber jetzt erinnerst du dich wieder." Und Luise aß. Sie kaute. Langsam. Ehrlich. Mit jedem Bissen fiel ein Gesetz. Mit jedem Bissen ein Teil von ihr. Doch was blieb, war echter als alles, was sie je geglaubt hatte. Nach dem Essen bekam sie ein neues Gerät. Es war klein. Aus Holz. Ein tragbarer Rezeptor – Sensor, Kommunikator, Speicher. Damit würde sie andere finden. Damit würde sie sprechen, nicht über Daten, sondern über Geschmack. Und über Erinnerung.

Sie kehrte zurück zur Behörde. Nicht als Beamtin. Sondern als Spionin. Oder Botin. Vielleicht auch nur als Mensch. Niemand sprach sie an. Vera war nicht da. Nur ein leeres Büro, ein Schatten auf dem Tisch. Jensen nickte ihr zu. Er hatte ein neues Etikett am Hemd: „Aroma-Analytik". Ironie, wie alles hier. In ihrem eigenen Büro löschte sie die letzten Spuren. Sie legte den alten Smoothie in den Biomüll, der sich weigerte, ihn zu zersetzen. Dann schaltete sie die Brille aus. Und sah die Welt zum ersten Mal seit langem ohne Filter. Es war Zeit. Zeit, neu zu schmecken. Zeit, sich zu erinnern. Und nie wieder zurückzukehren. Der Pager vibrierte erneut. Ein neuer Ort. Eine neue Gabel. Der Untergrund lebte. Und er roch nach mehr als Verzicht.

DIE ZWEITE MAHLZEIT

Die Adresse war ein Koordinatensatz, keine Straße, kein Ort, den man auf offiziellen Karten finden konnte. Der Pager vibrierte nur einmal, dann wurde er heiß, nicht schmerzhaft, aber eindringlich, wie eine Warnung oder ein Versprechen, das man nicht mehr zurückgeben konnte. Luise wickelte ihn in ein Tuch und verstaute ihn in ihrer Manteltasche. Der Stoff war alt, roch nach Zedernholz und Asche, und der Gegenstand darin wirkte schwerer als zuvor. Der Ort lag irgendwo zwischen einem stillgelegten Bahnübergang, dessen Schienen wie verrostete Rippen in das trockene Feld ragten, und einem Biogasanlagenfriedhof – riesige Betonkuppeln, zerfallen, zerborsten, wie die Leiber ausgestorbener Maschinen.

Die Luft war trocken, aber der Boden matschig, als hätte es hier geregnet, heimlich, außerhalb der Wetterkontrolle, vielleicht sogar ohne meteorologische Genehmigung. Karl wartete nicht mehr. Kein Auto, kein Schatten, keine Spuren. Nur ein weißer Pfeil aus Kalk, gezeichnet auf das dunkle Erdreich, schnurgerade, als hätte ihn jemand mit ruhiger Hand vor langer Zeit vorbereitet. Vielleicht schon Wochen. Vielleicht Jahre. Vielleicht für jemand anderen. Aber jetzt war er für sie. Luise ging, ohne zurückzublicken. Jeder Schritt war leiser als der vorherige. Die Geräusche der Welt – das Summen des Horizonts, das ferne Knistern der Stromleitungen, das Pfeifen des Windes – schienen in sich selbst zu fallen. Am Ende des Pfades stand ein Gebäude, das einmal ein Getreidesilo gewesen sein mochte. Rund, hoch, aus Stahlbeton, fast unsichtbar, überwuchert von Pflanzen, die längst als invasive Art verboten waren. Ihre Blätter glänzten bläulich im Dämmerlicht, wie Lungen eines vergessenen Waldes.

Sie klopfte nicht. Die Tür schwang auf. Drinnen: ein runder Raum. Feuchtigkeit. Holz. Hitze. Ein Dutzend Menschen, jede und jeder mit einem Teller vor sich. Die Stühle einfach, unterschiedlich, zusammengestohlen aus Zeiten, in denen Möbel noch einen Charakter hatten. In der Mitte: ein großer Topf auf einem alten Gasbrenner. Die Flamme war echt. Gelb und blau, lebendig, zischend, unbeobachtet. Der Geruch scharf, erdig, vertraut. Etwas mit Knochen. Vielleicht Rind. Vielleicht nicht. Niemand sprach. Man rückte ihr einen Stuhl zurecht. Sie setzte sich. Neben ihr ein alter Mann mit glasigen Augen, der nicht aufhörte zu kauen, langsam, rhythmisch, wie in Trance. Ihr wurde ein Löffel gereicht. Holz, mit Brandspuren. Die Suppe war klar, goldbraun, ein dunkler Rand aus Fett, das sich wie eine zweite Schrift über das Wasser legte. In der Tiefe: Ein Stück Knorpel. Eine Nudel. Ein Hauch Sellerie. Vielleicht Liebstöckel.

Sie hob den Löffel an die Lippen. Der erste Schluck war ein Schlag in den Magen. So tief und rund, dass ihr Tränen kamen. Keine Trauer. Keine

Freude. Etwas Drittes. Etwas Uraltes. Eine Erinnerung, die sie nie gemacht hatte. Nach dem Essen begannen sie zu sprechen. Nicht laut. Nicht viel. Nur Worte, die sich aneinanderlegten wie Fundstücke. Namen. Orte. Erinnerungen. Jemand sagte: „Rindfleisch, Sonntagsbraten, sieben Stunden geschmort." Jemand anderes: „Lamm, Zitronenkruste, Frühjahr, vor dem Verbot." Ein dritter: „Mein Vater war Metzger. Ich habe nie wieder so gegessen wie an dem Tag, an dem er starb."

Dann sagte jemand: „Der Metzger kommt." Und alle verstummten. Die Tür öffnete sich. Keine Musik. Kein Rauch. Nur eine Bewegung. Eine Frau trat ein. Nicht groß. Nicht bedrohlich. Ihre Hände fest. Ihre Haare grau. Sie trug ein einfaches Messer im Gürtel, kein Symbol, keine Inszenierung. Nur ein Werkzeug. Kein Wort. Nur ein Blick. Sie sah jeden an. Dann Luise. Und Luise wusste: Diese Frau war nicht der Metzger. Aber sie war näher dran als alle anderen, die sie je gesehen hatte.

Später saßen sie nebeneinander auf einer Bank vor dem Silo. Die Nacht war klar, der Mond hing groß und gelb über dem Wald, als hätte jemand ihn dort festgehalten, damit sie nicht vergessen, wo sie sind. Die Frau sprach zuerst. „Du bist nicht hier, um zu schmecken." – „Doch", sagte Luise. „Aber nicht nur." – „Du willst verstehen?" – „Ich will wissen, warum." – „Weil es unser letztes Erbe ist." – „Fleisch?" – „Nein. Ehrlichkeit. Das ist alles, was geblieben ist. Der Geschmack ist nur die Form." Luise schwieg. Dann fragte sie: „Und wenn sie uns finden?" – „Dann essen wir weiter. Leise. Im Verborgenen. So lange, bis sie uns wieder schmecken lassen." Der Satz blieb in der Luft hängen wie Rauch.

Am Morgen war der Silo leer. Kein Topf. Keine Stühle. Keine Stimmen. Nur ein kleines Stück Brot lag auf einem Teller. In die Kruste eingeritzt: ein Messer, eingerahmt von Lorbeer. Luise steckte es ein. Der Teig war noch warm.

Sie ging zurück in die Stadt. Dort wartete nichts. Keine Meldung. Keine Kontrolle. Keine Kameras, die auf sie schwenkten. Nur das leise Bewusstsein, dass sie jetzt zur anderen Seite gehörte. Die Grenze war längst überschritten. Die zweite Mahlzeit war verdaut. Und mit ihr der Zweifel. Was blieb, war Hunger. Kein körperlicher. Ein Hunger nach Wahrheit, nach Berührung, nach Tiefe. Ein Hunger, der nicht gestillt wurde durch Nährwert oder Kalorien, sondern durch Verbindung.

In der Bahn roch alles nach Desinfektionsmittel und künstlicher Minze. Die Menschen starrten in ihre Displays, kauten auf Kaugummis ohne Inhalt, trugen Kopfhörer mit Geräuschen, die ihnen die Welt erklärten, ohne dass sie hinhören mussten. Luise sah hinaus. Ein Plakat flog an ihr vorbei: „Iss Verantwortung. Trage Ethik. Erlebe Geschmack neu." Ein Kind auf dem Bild hielt einen Brei, der aus der Retorte zu stammen schien. Sie lachte nicht. Sie weinte nicht. Aber etwas in ihr war endgültig verschoben. Im Büro lag ein neuer Auftrag. Verdacht auf illegale Backwaren. Ein Mann hatte versucht, Hefeteig zu verstecken. In einem Staubsaugerbeutel. Sie reichte den Fall weiter. Jensen nickte, sagte nichts. In der Kantine nahm sie eine Schale und stellte sie ungeöffnet zurück. Vera stand an der Wand. Unverändert. Aber sie wusste. Ihre Augen flackerten kurz. Dann sahen sie sich nicht mehr.

Nachmittags ging Luise in den Altbestand. Im Archiv, das niemand mehr betrat. Zwischen Akten und Thermodrucklisten. Ganz hinten, im Indexbereich G-Z, lag ein Ordner mit handschriftlichen Notizen. Kein Barcode. Kein Registereintrag.

Nur ein Titel: **Zweite Mahlzeit – Teilnehmerverzeichnis**

Luise schlug ihn auf. Und sah ihren Namen. Handschriftlich. Daneben: ein Datum. Gestern. Darunter: „Verdaut. Geeignet. Weiterführbar." Sie schloss die Mappe. Und wusste, dass dies nicht das Ende war. Sondern das zweite Kapitel. Ihre Hände rochen noch nach Sellerie und Feuer. Und das Brot in ihrer Tasche war mehr als ein Andenken. Es war ein Versprechen.

DAS VERHÖR DER KÖCHIN

Sie holten sie am Dienstag. Kein Haftbefehl, keine Vorladung, kein offizieller Grund, den man nachlesen konnte. Nur zwei Männer in neutralgrauen Uniformen, ohne Rangabzeichen, ohne Gesichtsausdruck, die Luise abfingen, bevor sie das Hauptgebäude der Behörde betreten konnte. Ihre Hände wurden ruhig hinter dem Rücken fixiert. Kein Widerstand. Kein Wort. Sie erwartete es. Vielleicht hatte sie es sogar heraufbeschworen.

Sie brachten sie in einen Raum, den es offiziell nicht gab. Im Keller. Hinter zwei Schleusen. Neben der Müllaufbereitung, wo organische Abfälle versiegelt und mit Neutralgas zersetzt wurden. Der Raum war weiß, aber nicht steril. Die Wände waren glatt, aber nicht klinisch. Das Licht war hart, künstlich. Es roch nach Schweiß, Kunststoff und einer Spur Frittieröl. Das war das Erste, was ihr auffiel. Der Raum hatte einen Geruch. Und das war selten geworden.

Ihr gegenüber saß eine Frau. Schlank. Kontrolliert. Blond. Keine Uniform, kein Namensschild, nur ein schwarzer Ordner vor sich. Die

Haltung eines Menschen, der sich nicht fürchtet, weil er nie gelernt hat, es zu müssen. Die Frau sprach, ohne aufzusehen. „Luise Becker, Ethikkommission, Abteilung Ernährung. Seit acht Jahren im Dienst. Akte unauffällig. Bis vor sechs Wochen." Luise sagte nichts. Die Frau blätterte langsam, als zelebriere sie das Gewicht der Akte. „Keine Rückmeldungen. Keine Berichte. Aber Zugriff auf gesperrte Inhalte. Projekt RUBIN. Erinnern Sie sich?" Immer noch sagte Luise nichts. „Dann versuchen wir es anders." Die Frau öffnete den Ordner, holte ein Foto heraus. Es zeigte eine Suppenschale. Brühe. Knochen. Ein Löffel. „Erkennen Sie das?" Keine Reaktion. Nur Stille. „Wir wissen, dass Sie dort waren. Der Silo. Der Tisch. Die zweite Mahlzeit. Wir wissen es, weil wir sie längst überwachen." Ein zweites Bild. Sie selbst. Im Profil. Essend. Die Suppe. Der Löffel an den Lippen. Luise schloss die Augen. Es war keine Erinnerung. Es war ein Geruch. Ein Geschmack, der sich ins Fleisch geschrieben hatte. „Wollen Sie wissen, was Sie gegessen haben?", fragte die Frau. „Wir haben es analysiert. Tierisch. Schwein. Rind. Spuren von Wild. Keine synthetische Komponente. Keine molekulare Veränderung. Keine autorisierte Proteinbindung. Ein Verbrechen an der Klimamoral. Wissen Sie, wie viele Jahre das kostet?"

Luise öffnete die Augen. Ihre Stimme war ruhig, fast zärtlich. „Was kostet es, nichts mehr zu schmecken?" Die Frau lehnte sich zurück. Die Lippen schmal, die Augen schärfer als eben noch. „Sie glauben, das hier sei ein Krieg?" – „Ich weiß, dass es einer ist." Die Frau nickte langsam. „Dann stellen wir Ihnen jemanden vor."

Die Tür öffnete sich. Zwei Männer führten eine ältere Frau herein. Grauhaarig. Breit. Ihre Schultern rund, aber nicht gebrochen. Sie trug ein

Schürzenkleid, das aussah, als gehöre es in eine Zeit vor den Screens, vor den Regeln, vor der Paste. Ihre Hände waren grob, vernarbt, vom Schneiden, vom Heben, vom Anbrennen. Ihre Augen waren wach. Luise kannte sie nicht. Und doch wusste sie, wer sie war. Die Frau wurde als „die Köchin" bezeichnet. Kein Vorname. Kein Nachname. Kein Datensatz, der über sie Auskunft geben durfte.

Nur das: eine von denen, die gekocht hatten.

Die echten Dinge. Vor dem Ethikgesetz. Vor der Reinheitsverordnung. Vor der Molekulareinheit. Der Raum roch plötzlich stärker nach Fett. Warm. Ehrlich. Die Köchin setzte sich. Ihre Gelenke knackten. Dann lachte sie leise. „Wollt ihr mich verhören? Oder habt ihr Hunger?" Die Frau mit dem Ordner antwortete kühl: „Sie haben gegen sieben Artikel des Ethikgesetzes verstoßen." – „Und ich habe Menschen ernährt", erwiderte die Köchin. „Ich habe nicht nur ihre Bäuche gefüllt. Ich habe ihnen ihre Kindheit zurückgegeben." Luise konnte nicht anders. Sie sprach. „Was war es in der Suppe?" Die Köchin sah sie an. Ihre Stimme wurde weich. „Etwas, das wächst, wenn man Zeit zulässt. Und Knochen nicht wegwirft." Die Frau mit dem Ordner wurde ungeduldig. „Sie sind eine Gefahr für die Ernährungssicherheit dieses Landes." – „Sicherheit ist kein Geschmack", sagte die Köchin. „Und Geschmack ist keine Gefahr. Geschmack ist Gedächtnis."

Luise stand auf. Ihre Stimme war fester als sie dachte. „Ich will mit ihr reden. Allein." Die beiden Männer zögerten. Dann verließen sie den Raum. Die Tür fiel schwer ins Schloss. Die Köchin sah Luise lange an. Dann nickte sie. „Du hast gekaut. Ich seh's dir an. Die Art, wie du den Mund hältst, wie du atmest." – „Wie lange machen Sie das schon?" – „Seit es verboten wurde. Vielleicht davor. Vielleicht seit ich kochen gelernt hab. Man hört nie auf, wenn man's einmal richtig gemacht hat." – „Wie viele sind es?" – „Genug. Weniger, als es braucht. Mehr, als du denkst." – „Der Metzger?" – „Gibt es. Gibt's nicht. Gibt's immer wieder. Manchmal ist er eine Frau. Manchmal ein Rezept. Manchmal nur ein Hauch im Flur." – „Was wollen Sie von mir?" – „Dass du nicht vergisst, wie sich ein echter Bissen anfühlt." – „Ich erinnere mich." – „Dann reicht das. Für den Anfang."

Die Tür öffnete sich wieder. Die Männer standen still. Die Frau mit dem Ordner sagte: „Zeit ist um." Luise wurde zurück in eine Zelle gebracht. Ein kleiner Raum, ohne Fenster. Nur eine Liege, ein Tisch, ein leeres Regal. Kein Schall. Kein Lichtwechsel. Die Welt draußen verschwand. Doch auf dem Tisch lag etwas. Der Pager. Wieder aktiv. Man hatte ihn ihr abgenommen. Jetzt war er zurück. Eine neue Nachricht blinkte. Kein Text. Nur ein Symbol: ein gedeckter Tisch, zwei Gabeln, ein Messer, eingerahmt von Lorbeer. Darunter: „Du hast einen Platz." Sie nahm das Gerät. Ihre Hände zitterten leicht. Nicht vor Angst. Sondern vor Hunger. Kein körperlicher. Ein Hunger nach Wahrheit. Nach Wärme. Nach Widerstand. Nach Geschmack. Der Raum war still. Doch irgendwo in ihr war eine Küche. Und sie kochte.

DER TISCH IST GEDECKT

Sie kam frei, ohne Begründung, ohne Protokoll, ohne Urteil, das man anfechten konnte oder durfte. Kein Formular, kein Nachweis, keine digitale Notiz. Nur eine Stimme am Ausgang, unpersönlich, routiniert, mit dem Klang einer gereinigten Wahrheit: „Wir beobachten."

Kein weiteres Wort. Keine Warnung. Nur ein Zustand. Der Pager vibrierte kaum merklich in ihrer Manteltasche, als hätte er das Kommando übernommen, als wäre er nun ihre einzige Instanz. Die Nachricht kam verschlüsselt, getarnt als Kochanleitung in einer veralteten Rezeptdatenbank: „Für vier Personen, 220 Grad, 18 Minuten, abschließend mit Rosmarin bestreuen." Die Zahlen ergaben Koordinaten. Die Wörter formten ein Datum. Die Struktur der Anweisung war der Schlüssel. Die Bedeutung klar. Keine Stimme, kein Gesicht, kein Absender. Nur ein Ruf.

Sie folgte der Spur hinaus aus der Stadt, vorbei an den Zonen mit synthetischem Gemüse, an den transparenten Kuppeln der vertikalen Algenplantagen, vorbei an den Reklametafeln, die mit virtuellen Gabeln warben und Sätze sprachen wie „Ernähre dich von der Zukunft" oder „Freiheit beginnt bei Nährwert", vorbei an den Sicherheitsfiltern, die ihr ins Gesicht blickten und sie doch nicht erkannten. Ihr Code war sauber. Ihre Akte verschleiert. Ihr Weg offen. Weiter hinaus, dorthin, wo das Netz dünn wurde, wo die Signale brachen, wo keine Drohne mehr flog, kein Regelwerk mehr wachte. In das braune Land, das man längst als tot erklärt hatte – offiziell versiegelt, biologisch neutralisiert, kartografisch entfernt.

Dort, zwischen zwei Hügeln aus verblichenem Plastikstaub und moosbewachsenen Solarmodulen, lag ein Gehöft. Verfallen. Still. Aber nicht leer. Die Tür war angelehnt. Kein Schloss. Keine Sicherung. Kein Code. Nur die Einladung, einzutreten. Sie öffnete sie. Der Geruch kam ihr sofort entgegen. Nicht penetrant. Nicht süßlich. Kein Aroma, das synthetisch verstärkt war oder künstlich unterdrückt. Es war der Geruch eines Ortes, an dem gekocht wurde. Einer Mischung aus Holz, Zeit, Tier, Dampf, Salz. Eher wie ein Versprechen als ein Angriff.

Innen war gedeckt. Ein Tisch aus echtem Holz, handgeschnitzt, die Ränder von Zeit gezeichnet, voller Kerben, Flecken, Spuren. Darauf: Teller aus Keramik, ungleich, gealtert. Keine Replikate. Besteck aus Metall. Gebraucht, stumpf, ehrlich. Und in der Mitte: ein Braten. Echt. Noch warm. Die Oberfläche knusprig, die Fasern geöffnet. Kein Rauch, aber Dampf. Kein Alarm, aber Tiefe. Um den Tisch saßen sechs Personen. Niemand sprach. Alle aßen. Jeder mit einem Biss im Mund, einem Blick im Auge, der sagte: Wir kennen dich. Nicht durch Akte. Nicht durch Protokoll. Sondern durch den Hunger. Luise setzte sich. Sie fragte nicht. Sie nahm das Messer, schnitt ein Stück, führte es zum Mund. Aß. Der Geschmack war schlicht. Kein Exzess. Kein Übermaß. Keine

Dramaturgie. Nur Klarheit. Fett, Salz, Hitze, Zeit. Der Moment dehnte sich. Sie hörte sich selbst kauen. Und es war das erste Mal seit Jahren, dass dieses Geräusch nicht peinlich war, sondern notwendig.

Danach sprach niemand über den Braten. Man sprach über Orte. Namen. Verluste. Einer der Männer erzählte von seiner Tochter, die nie erfahren würde, wie Hühnersuppe schmeckt. Eine Frau berichtete von ihrer Mutter, die sich geweigert hatte, vegan zu sterben, und stattdessen einen illegalen Eintopf kochte, den sie an ihrem letzten Tag servierte – mit Speck. Dann kam der Name wieder: Metzger. Leise gesprochen. Respektvoll. Nicht als Mann. Nicht als Gott. Sondern als Linie, die man übertritt. Als Übergang. Als Schwelle. Luise wusste, dass dieser Moment mehr war als eine Mahlzeit. Es war eine Entscheidung.

Die Frau neben ihr legte ihr eine Karte hin. Kein Name. Nur ein Messer, eingerahmt von Lorbeer. Und eine Zahl: 9. Luise fragte: „Was ist das?" Die Frau antwortete: „Ein Ort. Eine Prüfung. Eine Gabe." – „Wann?" – „Wenn du bereit bist." Keine weitere Erklärung. Keine Instruktion. Nur diese Karte.

Am nächsten Tag war sie zurück in ihrer Wohnung. Dieselben Wände. Dieselben Geräusche. Dieselbe Aussicht auf eine Welt, an die sie nicht mehr glaubte. Die Stadt war dieselbe, aber sie war es nicht. Der Pager zeigte nichts Neues. Kein Signal. Kein Summen. Kein Befehl. Doch sie wusste: Es ging weiter. Unterhalb der Ordnung, jenseits des Sichtbaren, wuchs eine andere Struktur. In einem stillgelegten Aufzugsschacht, dort, wo früher Müllrutschen verliefen, fand sie, was sie suchte. Ein Tunnel. Ein System von Wegen, das unter der Stadt verlief. Ehemalige Logistikpfade. Jetzt besetzt. Von denen, die nicht aufhörten zu essen.

Dort, in einer Kammer, warteten drei Menschen. Einer von ihnen war Karl. Er sah älter aus, als sie ihn in Erinnerung hatte, aber seine Stimme war klar. „Du bist bei Tisch angekommen", sagte er. Und das bedeutete: Sie war nun Teil der Bewegung. Kein Gast mehr. Kein Beobachter. Sondern Gedeck. Der nächste Tisch war größer. Der Ort unbekannt. Die Vorbereitung lief. Man sprach nicht von Rebellion. Man sprach von Rückkehr. Man sagte nicht „Kampf". Man sagte „Geschmack". Und jeder, der dabei war, trug in sich den Moment, an dem der erste Biss das letzte Gesetz auslöschte. Wochen vergingen. In Flüstern. In Bewegungen. In Rezepten, die keine Rezepte waren, sondern Karten. In Zutatenlisten, die Wegbeschreibungen versteckten. In Erinnerungen, die auf der Zunge transportiert wurden wie Nachrichten. Luise lernte zuzuhören. Nicht mit den Ohren. Mit der Haut. Mit dem Magen. Sie lernte, dass Zeit eine Zutat war. Dass Hitze sprechen konnte. Dass das, was weich war, nicht schwach sein musste.

Als der Pager erneut vibrierte, war es Nacht. Kein Geräusch. Nur eine leuchtende Zahl: 9. Sie ging. Der Ort war ein Gewächshaus. Stillgelegt. Die Glasdächer gebrochen, von Algen überwuchert. Innen: ein Tisch. Länger als der erste. Zwölf Gedecke. Eine Lampe. Und in der Mitte: ein Kochtopf. Alt. Schwer. Patiniert. Daneben: die Köchin. Dieselbe, die sie verhört hatte. Oder eine andere. Das ließ sich nicht mehr sagen. Es gab keine Namen mehr. Nur Hände, die wussten, wie man hält. Nur Messer, die wussten, was man trennt. „Du bist gekommen", sagte die Köchin. Luise nickte. „Ich bin hungrig." – „Gut. Dann wirst du verstehen." Und sie aßen. In Stille. In Dankbarkeit. In Widerstand. Der Tisch war gedeckt. Und es war erst der Anfang.

DIE LETZTE LIEFERUNG

Die Nacht war klar, der Himmel leer. Kein Drohnengeräusch, kein Licht, keine blinkenden Kontrollpunkte, keine Suchscheinwerfer, kein Summen synthetischer Sicherheit. Nur die Straße, die sich wie eine Frage durch das Land zog – eine alte Landstraße, halb zugewachsen, halb vergessen, wie eine Narbe auf einer Haut, die niemand mehr berührte. Luise fuhr allein. Der Wagen war alt, benzinbetrieben, mit nummernloser Karosserie, ein Erbstück aus der Zeit, bevor alles reguliert wurde, bevor jeder Tropfen gemessen, jeder Meter genehmigt, jeder Motor digital vernäht war.

Sie hatte ihn unter dem Fundament eines Schularchivs gefunden, zwischen Akten über Milchkontingente und einem vergilbten Foto von Suppenküchen. Auf dem Beifahrersitz lag die Lieferung. Eine Kiste, unscheinbar, aber schwer. Nicht größer als ein Reisegepäckstück, aber mit einer Dichte, die etwas anderes sagte. Darin: vakuumierte Pakete, sorgfältig eingewickelt, beschriftet. Fettstreifen, Knochen, Sehnen, Haut, Stücke von etwas, das wie Rückenmark roch, intensiv und alt, wie ein vergessenes

Wort. Keine Namen, keine Daten. Nur eine Markierung: ein Messer, eingerahmt von Lorbeer. Das Zeichen derer, die noch kochten. Die Bewegung hatte kein Manifest, keine Fahne, keine App. Sie hatte Messer. Und Hände. Und Zeit.

Luise war unterwegs zu Punkt 9. Der Ort war anonym. Nur Koordinaten, nur eine Uhrzeit, keine Adresse, kein Empfang. Keine Navigation. Sie kannte die Route auswendig. Jemand hatte sie ihr ins Ohr geflüstert, in einer Küche unter der Erde, zwischen Töpfen und Dampf und einem leisen Satz: „Es ist der letzte Tisch. Oder der erste einer neuen Reihe." Sie glaubte beides. Sie hielt an einem alten Rastplatz. Verlassen, umwuchert, zerfallen, ein Schild, auf dem einst „Familienfreundlich" gestanden hatte, nun von Moos bedeckt. Zwischen den Steinen lag ein rotes Band. Das Zeichen. Sie stieg aus, schulterte die Kiste. Kein Gewicht war so schwer wie Erinnerung. Der Wald war still. Die Bäume alt. Die Luft roch nach Pilz, nassem Harz, modrigem Laub. Kein Licht, nur Mond. Kein Weg, nur Ahnung. Aber sie fand ihn. Immer wieder das Band, immer wieder der Schatten von Etwas, das früher selbstverständlich war.

Am Ziel war ein Haus. Ein alter Gasthof, aus Bruchstein und dunklem Holz. Von außen verfallen. Fenster zerbrochen, Dach abgesackt. Aber innen voller Leben. Warmes Licht. Stimmen. Metall auf Porzellan. Ein Geruch wie eine Umarmung. Eine Tafel war gedeckt. Zehn Plätze. Neun besetzt. Sie war die Letzte. Als sie eintrat, nickten die anderen. Niemand sprach. Nur Blicke. Man kannte sich nicht, aber man erkannte sich. Der Braten war schon serviert. Eine große Keule, glasiert, gedämpft, daneben altes Gemüse, geschmort, süß, etwas Knuspriges, das man nicht mehr kannte. Der Raum war warm. Kein Thermostat. Nur Herdwärme. Kerzen.

Hände.

Luise setzte sich. Ein Platz war für sie freigehalten worden. Der Teller vor ihr war leer, aber das Besteck lag gerade. In der Mitte des Tisches lag ein Notizbuch. Handschriftlich. Kein Titel. Kein Autor. Nur: Rezepte. Alte, neue, verbotene. Man reichte es weiter. Jeder blätterte. Jeder las. Keine Seite war makellos. Einige waren fettig, andere eingerissen. Einige trugen Kommentare. Andere nur Zutaten. Auf einer Seite stand: „Lunge. Kutteln. Gestochen frisch. Nichts vergessen." Und darunter: „Nicht ersetzen. Nicht verstecken. Nicht erklären."

Später stand sie auf. Die Lieferung wurde entgegengenommen. Zwei Männer trugen die Kiste hinab, in einen kühlen Raum unter der Küche. Die Kiste wurde geöffnet. Die Teile entpackt. Dokumentiert. Nicht mit Zahlen, sondern mit Worten. Nicht zum Essen. Zum Bewahren. Für später. Für den Tag, an dem wieder gekocht werden würde. Ein Mann kam zu ihr. Groß. Ruhig. Mit Narben an den Händen. Schneidnarben. Knochennarben. Geschichten in der Haut. „Du hast transportiert", sagte er. „Jetzt kannst du wählen." – „Wählen?" – „Mitessen. Oder weitermachen." Sie sah ihn lange an. Dann sagte sie: „Ich will das Buch kopieren." Der Mann nickte. „Dann wirst du Hüterin. Nicht Köchin. Nicht Metzger. Aber Gedächtnis." Sie bekam ein Duplikat. Eine leere Mappe. Handschriftlich anzufertigen. Seite für Seite. Kein Scanner. Kein Drucker. Nur Stift. Und Auge. Und Sorgfalt.

Eine Woche lang arbeitete sie an einem Tisch ohne Strom. Morgens Licht durch das Dach. Abends Kerzen. Sie schrieb, langsam, mit der Hand, die zitterte, wenn sie die Worte „Innerei" und „Bindung" nebeneinandersetzen musste. Sie las von Tieren, die keiner mehr kannte.

Von Schnitten, die präziser waren als jede App. Von Zubereitung, die Zeit bedeutete. Nicht Aufwand. Nicht Rezept. Zeit. Sie lernte, wie man ein Tier nicht zerlegt, sondern versteht. Wie man Geschmack nicht komponiert, sondern freilegt. Und wie man Schuld nicht löscht, sondern integriert. Als sie fertig war, war sie nicht mehr dieselbe. Ihre Finger waren wund. Ihr Kopf voll. Ihr Herz ruhig. Sie verließ den Gasthof mit dem Buch im Gepäck. Wieder allein. Wieder draußen. Doch diesmal war sie nicht auf der Flucht. Nicht auf der Suche. Sondern auf dem Weg. Zu bewahren. Nicht zu kämpfen. Nicht zu überzeugen. Nur zu erinnern. Und irgendwo, ganz tief in der Stadt, wurde der erste neue Herd installiert. Noch kalt. Aber bald bereit. Die Lieferung war abgeschlossen. Doch sie wusste: Es würde nicht die letzte sein. Nicht solange irgendwo noch ein Löffel aus Holz existierte, eine Pfanne mit Patina, eine Erinnerung an Wärme, die nicht aus Kabeln kam. Der Tisch war gedeckt. Und er würde es wieder sein. Und wieder. Und wieder. Bis niemand mehr fragte, was es kostete. Sondern nur noch: „Was braucht es, damit es schmeckt?"

DAS REZEPT

Der Herd war alt, aber nicht tot. Schwer, mit abgeplatzter Emaille und Rillen voller Zeit. Sie hatte ihn gefunden in einer Werkstatt für unautorisierte Technik, versteckt hinter einem Bio-Café, dessen Betreiber heimlich Ziegenkäse unter der Theke lagerte, vakuumiert in Stofftaschen, beschriftet mit alten Handschriften, die keiner mehr zu lesen wagte. Der Herd roch nach Eisen und Kohle, und das war gut. Er roch nicht nach Algoritmen. Nicht nach Labor. Nicht nach Kontrollpunkt. Er roch nach Wärme, nicht nach Temperatur. Sie hatte ihn selbst gereinigt, Schraube für Schraube. Die Düse angepasst. Den Zünder ersetzt. Das Kabel führte in ein eigenes Netz, unabhängig vom Versorgungsraster, verborgen unter den Fundamenten eines Hauses, das offiziell nicht mehr existierte. Die Küche war klein, aber ausreichend. Ein Tisch, drei Stühle, ein Regal voller Gläser, die einst Konfitüre enthalten hatten und jetzt Wissen konservierten.

Sie waren nummeriert. Nicht chronologisch, sondern sensorisch. Süß, sauer, umami, bitter, fett. Das Buch lag aufgeschlagen. Die Seiten gewellt von Dampf, Tinte, Erinnerungen. Fettflecken als Fußnoten. Krümel als Zäsuren.

Seite 1: Brühe mit Knochen.

Seite 12: Brot aus der Pfanne.

Seite 89: Bittersalat mit verbrannter Haut.

Sie hatte begonnen, es leise zu verteilen. Erst als Kopie, dann als Gespräch. Immer nachts, immer über Bande. Ein Rezept pro Woche. Eine Stimme, ein Code. Ein Päckchen mit handschriftlicher Anweisung, abgelegt in einem Algenlieferwagen. Eine eingesprochene Zutatenliste überlagert von Kinderliedern, gesendet über Kurzfrequenz. Ein Satz an eine Marktfrau: „Ich brauche etwas, das lange zieht." Die Rückmeldungen kamen aus den Schatten. Eine alte Frau schickte einen Knopf zurück – in der Rille klebte ein Zettel: „Es schmeckt wie meine Kindheit."

Ein Kind lächelte nach dem Essen, so tief, dass selbst der Vater wieder kaute. Ein Bäcker aus dem Ostblock rieb sich das Mehl aus den Augen und schrieb nur: „Ich erinnere mich." Ein Pfleger in einer stillgelegten Klinik servierte den ersten Topf Brühe seit fünfzehn Jahren. Irgendwann kam Karl zurück. Grauer, stiller, ein Loch im Mantel, das nach Pfeffer roch. Aber mit einem Bündel Notizen. „Er hat es mir gegeben", sagte er nur. „Der Metzger?" – „Vielleicht. Oder jemand, der mal einer war. Oder jemand, der es sein wird." Die Notizen waren roh. Blutig. Nicht in Worten, sondern in Schnitten. Kein vollständiges Rezept, aber eine Richtung. Ein Rhythmus. Eine Ahnung. Sie rochen nach Wahrheit. Nicht nach Ordnung. Nicht nach Disziplin. Sondern nach etwas, das sich zwischen den Regeln bewegte. Sie ergänzte das Buch.

Seite 241: Ragout aus Resten.

Seite 242: Fisch in Salzkruste, illegal getrocknet.

Seite 243: Ethischer Widerstand in fünf Gängen.

Seite 244: Gelatine aus Geduld. Seite

245: Zungenfilet mit Verzeihen.

Und dann Seite 246: Warten als Hauptzutat.

Die Behörden wurden nervöser. Die Algorithmen schärfer. Die Scanner rekalibriert. Es wurde nach Aroma gescannt, nicht mehr nur nach Material. Die Grenzen zwischen Essbarem und Erinnerbarem verwischten. In den Kantinen wurde ein neues Standardmenü eingeführt: Grau, glatt, geräuschlos. Kein Biss. Keine Gabel. Nur ein Nährgel, das durch die Zunge floss, wie eine Betäubung. Sie nannte es „Kollaps im Mund". Doch gleichzeitig wuchs etwas. Unterirdisch.

Die Treffen wurden häufiger. Die Tische voller. Die Gänge länger. Der Hunger tiefer. Nicht körperlich. Geistig. Emotional. Sensorisch. Ethisch. Dann, eines Nachts, stand Vera in ihrer Küche. Die Frau von der Ethikbehörde. Ihre kybernetische Hand glänzte im Herdlicht. Eine Spur Öl hatte sich auf dem Metall abgezeichnet, wie ein Geheimzeichen. „Ich weiß, was du tust", sagte sie. „Ich weiß, dass du es auch willst", antwortete Luise. Vera schwieg. Dann setzte sie sich. Kein Befehl. Keine Androhung. Sie legte die Prothese auf den Tisch, hob den Löffel mit der anderen Hand, kostete. Schmeckte. Schloss die Augen. Sagte nichts. Aber ihr Körper sagte alles. Dann flüsterte sie: „Wenn ich bleibe, verliere ich alles." – „Wenn du gehst, gewinnst du etwas." Sie blieb. Sie kochte.

Und das war der Beginn der Öffnung. Kein Manifest. Kein Aufstand. Kein Knall. Nur ein Teller nach dem anderen. Ein Duft in einem Flur. Eine Schale vor einer Tür. Ein Kind, das fragt: „Was riecht da so echt?" Und jemand, der sagt: „Vergangenheit." Und jemand anderes, der sagt: „Zukunft." Und dann, ganz plötzlich, war der Moment da. Jemand sprach das Wort öffentlich aus. Nicht als Protest. Nicht als Provokation. Einfach so. „Fleisch." Kein Skandal. Kein Schrei. Nur ein Raunen. Später ein Rezept. Noch später ein Braten. Und irgendwann ein Menü. Es begann mit Erinnerung. Und endete in Geschmack. Die Sprache kehrte zurück. Die Worte. Die Gänge. Die Zubereitung. Die Fragen: „Wie lange? Womit? Warum?"

Sie schrieb es auf. Das letzte Kapitel des Buches.

Auf Seite 300. Keine Nummer mehr. Nur ein Titel.

Es hieß: **Das Rezept**.

Und darunter stand: Zutaten: Mut. Salz. Zeit. Zubereitung: Nicht vergessen. Dann legte sie den Stift zur Seite. Schlug das Buch zu. Nicht als Ende. Sondern als Anfang. Und irgendwo, ganz weit weg, ganz leise, setzte jemand Wasser auf. Für Suppe. Nicht weil es erlaubt war. Sondern weil es nötig war. Und das genügte.

Veganer sterben anders

TEIL II:
DAS GEDÄCHTNIS DER ZUNGE

Veganer sterben anders

ARCHIVKÖRPER

Mira hätte das Archiv nie betreten dürfen. Es war nicht explizit verboten – solche Räume waren längst aus der Liste aktiver Sicherheitszonen gestrichen – aber es war eines dieser Areale, deren Türschilder mehr sagten als jedes Protokoll: „Zugriff nicht empfohlen. Inhalt ethisch obsolet." Obsolet. Das war das neue Wort für „unerwünscht". So wie früher „tierisch" durch „texturiert" ersetzt wurde. Oder „Hunger" durch „Bedarf". Oder „Geschmack" durch „Profil". Sie betrat den Raum trotzdem. Die Klimaanlage röchelte, als sei sie seit Jahrzehnten im falschen Modus. Ein süßlicher Staubgeruch hing in der Luft – nicht unangenehm, aber alt. Wie wenn jemand die Kellerschublade eines verstorbenen Großvaters öffnete und zwischen Knöpfen, Rasierklingen und Notizen auf einen letzten Brief stößt. Die Regale waren hoch, dunkelgrau, leicht nach vorne geneigt. Viele waren leer. Einige flackerten – holographische Reste veralteter Archivsysteme, halb geladen, halb vergessen.

Mira trug den offiziellen Ethikmantel ihrer Forschungsgruppe – identisch geschnitten mit dem ihrer Kommiliton*innen –, aber innen hatte sie ein Stück echten Stoff eingenäht. Baumwolle, verwaschen. Ein Erbstück. Es kratzte, und das mochte sie. Sie sagte:

„Zugriff auf Datensatz EB-LB-55R. "

Ihre Stimme hallte dumpf zurück. Ein alter Terminal leuchtete auf. Grünlich. Unschön. Alt. Dann das Bild: Ein Gesicht. Anfang 40. Kurzhaarschnitt, strenger Blick, keine Lachfalten.

Name: Luise Becker.

Beruf: ehemals Ermittlerin, Abteilung Ernährungsethik,

Klasse A7.

Status: inaktiv.

Vermerk: Beteiligung an subversiven Geschmackskreisen.

Zugang zu RUBIN. Verweigerte Protokollpflicht.

Letzter Kontakt: 2049.

Hinweis: Sensorische Unschärfe. Zungengestützt.

Mira runzelte die Stirn. „Zungengestützt?" Der Terminal bestätigte: „Profilabweichung bei Testreihe 3. Subjekt zeigte unkontrollierte emotionale Reaktion auf unbezeichnete Geschmacksmatrix. Stufe: Tiefenzunge." Sie starrte auf das Gesicht. Luise Becker. Eine Frau aus einer anderen Zeit. Eine Zeit, in der Menschen noch diskutierten, ob Geschmack erlaubt war – nicht nur, wie viele Präzisionspixel er enthalten durfte. Niemand in ihrer Generation hatte je echten Geschmack erlebt. Nur codierten. Aromatisch simulierten. Reglementierten.

Mira klickte weiter. Ein Video öffnete sich. Körnig. Mono. Luise saß in einem grauen Raum. Ein Teller vor ihr. Etwas Löffelbares. Der Ton setzte ein: „Was glauben Sie, schmecken Sie da?", fragte eine Stimme aus dem Off. Luise antwortete nicht. Sie kaute. Langsam. Sehr langsam. Dann sah sie in die Kamera. „Ich glaube, ich erinnere mich." Schnitt. Mira hielt den Atem an. Es war kein großer Satz. Kein Manifest. Aber etwas in ihrer Stimme … etwas war daran war unbequem. Nicht ideologisch. Nicht aggressiv. Einfach – echt.

Sie rief den vollständigen Datensatz ab. 4,7 Terabyte. Texte, Verhöre, Gerüche in Zahlen. Skizzen von Gabeln. Bilder von Tischen. Audioaufzeichnungen von Mahlzeiten. Fragmentierte Rezepte – „Schmorfleisch auf Kante" – unvollständig, ohne Mengenangaben, aber mit handschriftlichen Kommentaren. Ein Zettel trug die Notiz:

„Nicht ersetzen. Nicht vergessen. Nur servieren."

Ein anderes Fragment war verschlüsselt. Sie öffnete es. Eine Sprachnotiz. Luise, leise: „Ich habe nicht rebelliert, weil ich Fleisch wollte. Ich habe gekocht, weil ich nicht vergessen wollte, was wir waren, bevor wir standardisiert wurden." Die Datei endete abrupt. Mira spürte etwas, das sie lange nicht gespürt hatte. Ein leichtes Ziehen hinter der Brust. Kein Hunger. Kein Bedürfnis. Kein Nährwertdefizit. Etwas anderes. Vielleicht: Sehnsucht.

Zwei Stunden später saß sie in der FlavorCore-Kantine der Universität und stocherte in ihrem standardisierten MemoryMeal. „Hausgemacht wie damals", stand auf der Verpackung. Sie wusste, dass niemand damals so gekocht hatte. Es war ein Lizenzbegriff. Ein Marketing-Mythos. So wie „authentisch" oder „traditionell" – Worte, die per Gesetz neu definiert worden waren, damit sie in synthetischen Kontexten rechtssicher waren. Das Menü roch nach Butter, war aber vegan. Es schmeckte nach Rind, aber bestand aus fermentierter Lupinenfaser und aromatisch kodiertem Erbgut von Moos. Sie aß. Es war perfekt. Zu perfekt. In ihr war eine Stimme, die flüsterte: Du kaust, aber du kostest nicht. Sie stand auf. Ohne den Rest zu berühren. Draußen roch es nach Regen – ein simuliertes Wettermodul für städtisches Wohlbefinden, entwickelt zur Aromaverteilung. Niemand störte sich daran. Denn niemand wusste, wie echter Regen roch.

Am Abend saß Mira in ihrem Mikrowohnmodul. Sie las. Alte Ethikprotokolle, gestrichene Rezepte, aufgelöste Netzwerke. Überall tauchte der Name auf: Becker. Becker. LB. L. Und ein anderes Kürzel: ZK-9. Zunge Klasse 9 – die höchste registrierte sensorische Stufe. Menschen mit ZK-9 waren einst begehrt. Dann verdächtig. Dann gelöscht. Sie hatten ein Problem: Sie merkten, wenn etwas echt war. Oder nicht. Sie öffnete eine Karte. Nordzone. Sektor 34. Verlassene Gegend. Kein Signal. Keine Daten. Letzter Aufenthaltsort: Einzelhaushalt. Nicht staatlich verifiziert. Verdacht auf permakulturelle Reststruktur. In den Anmerkungen stand: Subjekt unbeobachtet seit 11 Jahren. Letzter gesicherter Lebensmittelvorgang: Glas eingelegte Zwiebeln, aromatisch nicht kodiert. Mira starrte auf den Eintrag. Zwiebeln. So schlicht. So mutig.

Der nächste Morgen war grau. Der Himmel auf „unentschlossen" gestellt. Ihre Abmeldung für das Tagesprotokoll lautete: „Privatrecherche – sensorisches Verhalten historischer Profile". Niemand fragte nach. Niemand störte sich daran. Ihre Generation war wohlerzogen.

58

Anpassungsbereit. Geschmacksneutral. Mira nahm den Zug nach Norden. Der Waggon war leer. Keine Werbung. Nur die leisen Hinweise des Systems: „Bitte denken Sie daran, ihre Geschmacksschwelle regelmäßig zu kalibrieren." Ein paar Stunden später stieg sie um in ein älteres Modell. Ohne Überwachung. Ohne Datenstream. Nur mit Fenstern. Draußen glitt die Landschaft vorbei. Felder, längst stillgelegt. Wälder, algorithmisch betreut. Ein paar Tiere in Sicherheitszonen – nicht zur Zucht, sondern zur Sichtbarkeit. Damit Kinder wussten, wie früher etwas aussah. Irgendwann war da nur noch Weite. Und dann: Nichts. Kein Signal. Kein Geruch. Kein Geräusch. Nur Wind. Sie stieg aus. Es war kälter als gedacht. Sie hatte die Koordinaten gespeichert. Der Weg war kaum sichtbar. Erde unter den Schuhen – eine Seltenheit. Mira ging. Meter für Meter. Und mit jedem Schritt wurde etwas lauter, das sie lange nicht mehr gespürt hatte. Nicht Angst. Nicht Zweifel. Sondern: Hunger. Kein Hunger nach Kalorien. Sondern nach Bedeutung. Nach Geschichte. Nach dem, was unter dem Geschmack lag: eine Entscheidung.

FLEISCH AUS LICHT

Mira saß im sogenannten Erlebnisraum 3, auch TasteDome genannt, obwohl niemand je etwas darin wirklich schmecken konnte. Die Wände waren weich gekrümmt, aus nicht spiegelndem Smartglas, geflutet von mildem Licht, das sich je nach Stimmung und hormonellem Feedbacksystem in Farbe und Intensität veränderte. Aktuell war es ein warmes Gelb – eine Kodierung für kulinarische Sicherheit. „Wir danken Ihnen für Ihre Teilnahme an der Produktreihe TrueFlavor Prime 4.2", sagte eine geschlechtslose Stimme aus der Raumdecke. „Sie werden nun die Kalorienaufnahme erhalten. Bitte entspannen Sie Ihre Zunge."

Ein kleiner Hebel vor Mira fuhr nach oben. Darauf lag eine durchsichtige Kugel. Pralinengroß, perfekt geformt, leicht schimmernd. In ihr: eine Masse, halb fest, halb flüssig. Laut Produktbeschreibung: Bratenkern. 100 % postorganisch. Rein pflanzlich. Zellgedächtnisprogrammiert. Sie blickte auf das Etikett:

Geschmack: Kalbsbraten.

Textur: Mutters Mitte.

Intensität: 3.8.

Emotionale Kodierung: Geborgenheit.

Sie hob die Kugel vorsichtig an die Lippen, spürte ihre Temperatur – exakt 37,5 Grad – das war der aktuelle Standard für sensorisch-authentisches Bratenerlebnis. Kein Erhitzen nötig. Keine Veränderung der Struktur. Der Geschmack war bereits „aktiv". Mira biss. Ein sanfter Widerstand, dann eine plötzliche Explosion von Röstaromen, begleitet von einer samtigen Note, die sich wie Erinnerung an die Gaumenränder legte. Der Geschmack war da. Umfassend. Ausgewogen. Voll. Und falsch. Nicht synthetisch im klassischen Sinn – dafür war die Technik zu weit – aber es fehlte etwas. Keine Geschichte. Kein Schatten. Kein Widerstand. Nur glatte Bratenlogik, ein simuliertes Echo von etwas, das nie geboren worden war.

Der Biss blieb in ihrem Mund, perfekt gekaut, unsagbar leer. „Bitte bewerten Sie die Erfahrung auf einer Skala von Eins bis Zehn", sagte die Stimme. Mira antwortete nicht. Sie stand auf. Verließ den Raum. Die Schleuse zischte, das Licht wurde blau – „Feedback unerwünscht" – eine seltene Farbe. Draußen, auf dem Campus, ging alles seinen gewohnten Gang. Die Studierenden schlenderten in Aromazonen, rieben sich Aromawachs auf die Handflächen, um die neuesten Geschmacksimpulse zu erleben. Eine Gruppe saß an einem Gerät, das ihnen Süßkartoffelbrei als vibrierende Frequenz auf die Zunge projizierte.

Mira setzte sich auf eine Bank unter einem künstlichen Birnbaum. In ihrem Ohr surrte der tägliche Ethikpodcast. Thema heute: Kulinarische Identität im Spannungsfeld zwischen Tradition und KI. Sie schaltete ab. Und dachte an Luise. An die Suppe im Archiv. An das Rezept ohne Quelle. An den dritten Biss. Und wusste: Der Braten eben war kein Essen. Er war nur Fleisch aus Licht. Später stand sie vor dem Gebäude von FlavorCore, dem mächtigsten Konzern des Landes, zumindest im sensorischen Sektor. Das Firmenmotto: „Wir liefern, was du fühlst." Der Empfangsbereich war hell, transparent, mit lebenden Pflanzen – Zieräpfel, die nicht gegessen wurden, sondern Luft veredelten.

Sie bat um einen Termin. Als Forschungsassistenz in Ausbildung bekam sie ihn noch am selben Tag. Der Raum war minimalistisch. An der Wand: ein visuelles Gedicht über Geschmack.

Im Raum: zwei Personen – Direktorin Cama, verantwortlich für Produktlinie SubRealFood, und ein junger Techniker namens Belian, kaum älter als Mira. „Sie hatten Fragen zur Emotionalcodierung bei Bratenkernprodukten?", fragte Cama freundlich. Mira nickte.

„Ja. Mich interessiert, ob die Rezeptur historisch begründet oder rein algorithmisch entstanden ist." Cama lächelte. „Unsere Produkte basieren auf über 70 Millionen Geschmacksfeedbacks der letzten zehn Jahre. Das System entscheidet, was schmeckt. Geschichte spielt dabei keine Rolle. Nur Wirkung." Mira schluckte. „Und wer entscheidet, ob etwas fehlt?" Belian sah auf. „Fehlt? Was meinen Sie?" „Wenn es schmeckt, aber nicht berührt?" Cama legte die Hände zusammen. „Das wäre ein emotionales Restbedürfnis. Kein Qualitätskriterium." Mira nickte. Stand auf. Verbeugte sich leicht. Und ging. Sie hatte bekommen, was sie nicht gesucht hatte: eine Antwort.

In der Bibliothek suchte sie nach alten Kochbüchern. Digitale Kopien. Die meisten Seiten waren geschwärzt – nicht aus Zensur, sondern aus „Unüberprüfbarkeit". Kein Gericht durfte ohne Nährwertbilanz und Aromakodierung öffentlich zugänglich sein. Sie fand ein Fragment: „Ragout. Zwiebel in Butterschmalz anbräunen, bis sie zu singen beginnt." Sie las es mehrmals. Singende Zwiebeln. Kein Algorithmus hätte das je geschrieben.

Am Abend war sie in einer Bar – einer, die „Tradition" als Thema hatte. Die Drinks hießen „Whiskoff" und „Tonicneutral". Der Barkeeper war ein älterer Mann mit echtem Bart, lizenziert für Haarwuchs. Er sah Mira an. „Erstes Mal?" Sie nickte. „Was empfehlen Sie?" „Etwas ohne Vorgabe", sagte er. „Wissen Sie, was das ist?" „Nein." „Gut." Er schob ihr ein Glas hin. Es roch nach Rauch. Und nach etwas, das sie nicht kannte. Sie trank. Es war bitter. Und warm. Und fremd. Und plötzlich erinnerte sie sich. Nicht an ein Ereignis. Sondern an einen Moment. Sie als Kind. Ein Fenster. Ein Geruch. Kartoffeln? Vielleicht. Es war keine klare Erinnerung. Nur ein Gefühl. Und das war mehr, als sie je erwartet hatte.

Draußen regnete es. Echte Tropfen. Ein Versorgungsleck. Nicht eingeplant. Kein Aroma. Kein System. Sie stellte sich unter den Regen. Ließ sich nass machen. Ein paar Sekunden nur. Dann wieder Ordnung. Sie ging nach Hause. In ihrem Modul lag das Rezeptfragment von Luise auf dem Tisch. Handschriftlich ausgedruckt. Es roch nach Papier. Auch das war selten geworden.

Sie legte sich hin. Schlafmodus: deaktiviert. Ihre Träume waren bitter.

Am nächsten Morgen schrieb sie in ihr Logbuch: „Ich habe gegessen. Aber nicht verstanden. Ich will wissen, was Geschmack ist, wenn niemand zusieht." Danach aktivierte sie ihr Archiv. Suchbegriff: Becker, Luise – Aufenthaltsort letzte 5 Jahre. Es gab keinen Treffer. Also suchte sie weiter. Nach dem, was nicht gefunden werden wollte.

DIE LETZTE, DIE KAUTE

Der Weg war kaum ein Weg. Eher ein Abdruck. Eine Abwesenheit von Wuchs. Bäume links und rechts, nicht mehr katalogisiert. Vögel, deren Namen nicht mehr vergeben wurden. Keine Schilder. Kein Signal. Mira ging. Meter um Meter. Ihr Atem dampfte in der Morgenluft, die von keinem Aromasystem reguliert wurde. Der Wind trug Gerüche mit sich, die keinen Namen hatten. Es roch nach Nass, nach Rost, nach Erde. Nach Etwas. Und nach Nichts. Sie wusste nicht, was sie erwartete. Vielleicht ein verlassenes Haus. Vielleicht ein Denkmal. Vielleicht nichts. Aber es stand da. Eine Hütte. Aus Holz, das nicht gleichmäßig war. Mit Fenstern, die kein Interface trugen. Kein Code an der Tür. Nur eine Klinke. Eine, die man wirklich drücken musste. Sie hob die Hand. Klopfte. Einmal. Zweimal. Dann trat sie zurück. Es dauerte lange.

Dann: Geräusche. Schritte. Ein Klacken. Die Tür öffnete sich einen Spalt. Ein Gesicht. Älter, als sie erwartet hatte. Nicht zerbrechlich, aber still. Die Augen grau. Die Haare silbern. Der Blick fest. „Du bist nicht von hier." Keine Frage. Nur Feststellung. Mira nickte. „Ich suche Luise

Becker." Stille. Dann ein Nicken. „Dann komm rein. Aber zieh die Schuhe aus. Und das, was du unter dem Mantel trägst, kannst du gleich mit ablegen. Es stinkt nach Aromacode." Mira tat, wie geheißen.

Als sie die Schwelle übertrat, spürte sie etwas, das sie lange nicht gespürt hatte: unregulierte Temperatur. Es war nicht kalt. Nicht warm. Es war einfach. Der Boden knarrte. Die Luft war dicht. Nicht verbraucht – nur nicht gefiltert. Im Inneren stand ein Tisch. Echt. Aus Holz. Gedeckt mit einem Tuch, das Flecken hatte. Daneben: ein Herd, alt, mechanisch. Kein Display. Kein Licht. Nur Feuer. Und ein Topf. Luise wandte sich um. „Setz dich. Du siehst aus, als hättest du noch nie gegessen."

Mira setzte sich. Schaute sich um. An den Wänden hingen getrocknete Kräuter. Bücher. Papierbücher. Einige geöffnet. In der Luft lag ein Duft, der sie schwindeln ließ. Nicht, weil er stark war. Sondern weil er ehrlich war. Zwiebel. Lauch. Irgendein Öl. Vielleicht tierisch. Vielleicht nicht. Sie wusste es nicht. Und das war das Beunruhigende. Luise reichte ihr eine Schale. Keine Erklärung. Keine Zutatenliste. Nur Wärme. Mira hob den Löffel. Zögerte. Dann nahm sie einen Bissen. Es war kein Geschmack, wie sie ihn kannte. Kein Algorithmus. Keine Codierung. Es war wild. Bitter. Süß. Fettig. Es brannte leicht. Und dann: Stille im Kopf. Kein Feedback. Kein Sensor. Nur der eigene Gaumen. Und das Gefühl, dass etwas stimmte. Oder falsch war. Oder beides.

„Was ist das?", fragte sie. Luise sah sie an. „Suppe." „Was ist drin?" „Erinnerung." Mira kaute weiter. Oder versuchte es. Aber die Suppe verlangte nichts. Sie ließ sich nicht definieren. Sie war nicht analysierbar. Sie war einfach da. Und plötzlich war da etwas. Ein Bild. Kein echtes. Eher ein Gefühl mit Farbe. Etwas Rundes. Ein Teller. Ein anderer Tisch.

Vielleicht ein anderer Raum. Vielleicht ein anderer Mensch. Es war flüchtig. Aber es war da.

Luise setzte sich ihr gegenüber. „Du hast gesucht." Mira nickte. „Und gefunden." „Was willst du?" „Verstehen, warum du aufgehört hast." „Aufgehört?" „Die Bewegung. Der Widerstand. Du warst das Gesicht. Dann – nichts." Luise lachte. Trocken. Nicht bitter. Nur trocken. „Ich habe nicht aufgehört. Ich habe nur den Mund voll." Mira sah sie an. „Das reicht dir?" „Ich koche. Für mich. Für die, die herfinden. Für das, was bleibt." „Aber die Welt..." „...dreht sich weiter. Ja. Mit oder ohne Geschmack." „Und du glaubst, das reicht?" Luise lehnte sich zurück. „Ich glaube, die Wahrheit liegt nicht in der Veränderung der Welt. Sondern darin, ob du noch weißt, wie eine Zwiebel klingt, wenn sie zu singen beginnt." Stille. Der Löffel zitterte in Miras Hand. Sie stellte die Schale ab. „Ich habe nichts mitgebracht." „Gut so. Du sollst auch nichts geben. Nur kosten."

Später zeigte Luise ihr den Garten. Kein System. Kein Bewässerungsnetz. Nur Erde. Pflanzen. Einige kannte Mira. Andere nicht. „Das wächst, weil es will", sagte Luise. „Nicht weil wir es wollen."

Am Abend saßen sie vor dem Herd. Kein Licht. Nur Feuer. Mira stellte Fragen. Über Rezepte. Über Menschen. Über das, was war. Luise antwortete nicht immer. Aber wenn, dann mit Klarheit. „Es ging nie um Fleisch. Es ging nie um Verbot. Es ging immer nur darum, ob wir das Recht haben, uns zu erinnern." „Und?" „Haben wir nicht. Aber wir tun es trotzdem."

In der Nacht schlief Mira in einem kleinen Raum. Kein Modul. Kein Filter. Nur Decke. Und das Gefühl, dass Träume etwas bedeuten konnten. Am nächsten Morgen war der Tisch gedeckt. Ein Stück Brot. Käse? Vielleicht. Vielleicht nicht. Luise sah sie an. „Heute wirst du kochen." Mira nickte. Und nahm das Messer. Es war stumpf. Und genau richtig.

DIE PROBE

Der Tag begann schweigend. Kein Weckton. Kein Lichtimpuls. Nur das langsame Erwachen des Raums. Die Luft war kühler als gewohnt, und Mira spürte ihren Körper auf eine Weise, die sie lange nicht gekannt hatte – als wäre sie nicht bloß eine Hülle für Funktionen, sondern etwas, das Gewicht hatte, Geruch, Temperatur. Sie schob die Decke beiseite, stand auf, trat barfuß auf das rohe Holz. Die Dielen waren rau. Und ehrlich. Luise war bereits wach. Sie saß draußen auf der kleinen Bank, ein dampfender Becher in der Hand, in der anderen ein Stück Brot. Kein Screen. Kein Gespräch. Nur Morgen. Mira setzte sich neben sie. „Was ist das?" Luise sah sie nicht an. „Wärme. Und Bitterkeit." „Kaffee?" „Nicht ganz. Aber es erinnert daran." Mira nahm den Becher, roch daran, trank einen Schluck. Es war nicht gut. Es war nicht schlecht. Es war da. Und das reichte. Luise stellte ihr den leeren Teller hin. Ein Holzbrett. Ein stumpfes Messer. Und ein kleiner Korb. Darin: Zwiebeln, Karotten, ein winziger Sellerie, ein Bund Kräuter. „Heute wirst du kochen", sagte sie. „Nicht für mich. Für dich. Und für das, was du nicht benennen kannst." Mira sah sie

an. „Ohne Rezept?" „Ohne Rückversicherung." „Was soll es werden?"
„Eine Entscheidung." Mira stand auf, trug den Korb hinein. Der Herd war
bereit. Das Feuer flackerte. Kein Regler. Kein Display. Nur Flamme. Und
die Frage, wann sie zu heiß war. Oder zu schwach. Sie legte die Zutaten
auf das Brett. Die Zwiebel zuerst. Groß. Fest. Etwas schmutzig. Sie
schnitt. Nicht gut. Nicht elegant. Die Stücke waren ungleich, ihre Finger
unsicher. Die Tränen kamen. Nicht nur vom Schneiden. Etwas daran
fühlte sich wie Scheitern an. Oder wie Anfang. Der Sellerie ließ sich kaum
zähmen, die Karotte war zäh. Die Kräuter rochen intensiv, als hätte
jemand Erinnerung zerrieben. Sie gab alles in den Topf. Kein Öl. Kein
Plan. Nur Zeit. Und Warten. Das Warten war das Schwerste. Kein Timer.
Kein Signal. Nur das leise Blubbern. Und ihr eigener Atem. Sie setzte sich.
Starrte in das Feuer. Und irgendwann: roch es nach etwas. Nicht gut. Nicht
schlecht. Nur anders. Sie nahm den Löffel. Kostete. Und erschrak. Es war
– flach. Unverbunden. Einzelteile ohne Gespräch. Salz fehlte. Oder
vielleicht Mut.

Luise trat ein. Ohne Urteil. „Du hast gekocht." „Es schmeckt nicht."
„Doch. Es schmeckt wie du, bevor du weißt, wer du bist." Mira nickte.
Stumm. Dann nahm sie erneut den Löffel. Und diesmal suchte sie nicht
nach Geschmack. Sondern nach Sinn. Sie fand ihn nicht. Aber sie fand
sich. Später gingen sie hinaus. In den Garten. Luise zeigte ihr, wie man
Kräuter unterscheidet. Nicht nach Namen. Sondern nach Zweck. „Diese
beruhigt. Diese öffnet. Diese täuscht. Und diese – erinnert." Mira nahm
sie in die Hand. Rieb sie zwischen den Fingern. Riechen war erlaubt.
Erinnern nicht.

„Was war dein erstes Gericht?", fragte sie. Luise lächelte kaum. „Brot mit Butter. Noch bevor ich wusste, dass man beides irgendwann nicht mehr bekommen würde." „Und das letzte?" „Ein Löffel Brühe. Im Gefängnis. Vor dem Prozess." Mira stockte. „Du warst im Gefängnis?" „Zwei Monate. Dann freigelassen. Keine Anklage. Nur Vergessen." „Wie hast du überlebt?" „Ich habe geschwiegen. Und geschmeckt. Im Kopf."

Am Nachmittag übte Mira erneut. Diesmal mit Brühe. Sie kochte Wasser. Warf Dinge hinein. Wartete. Kostete. Warf weg. Begann von vorn. Keine Suppe gelang. Alles schmeckte nach Abwesenheit. Sie wurde wütend. Warf den Topf in den Hof. Luise sah es. Sagte nichts. Nur: „Jetzt kochst du zum ersten Mal."

In der Nacht konnte Mira nicht schlafen. Der Wind war laut. Die Dunkelheit nicht sanft, sondern vollständig. Sie ging in die Küche. Nahm eine Zwiebel. Schälte sie. Schnitt sie. Langsam. Und legte sie in eine Pfanne. Kein Öl. Nur Hitze. Und wartete. Nach einigen Minuten: ein Geräusch. Zischend. Knisternd. Und dann – ein leiser Ton. Fast wie ein Lied. Hoch, kurz, weich. Wie ein Kind, das summt. Mira lachte leise. Und weinte. Nicht vor Schmerz. Sondern vor Wissen. Am Morgen frühstückten sie nicht. Nur Tee. Kein Gespräch. Kein Lob. Kein Urteil. Luise reichte ihr einen Zettel. Darauf stand: „Wenn du kosten willst, geh dorthin, wo niemand mehr isst." Mira sah sie an. „Wohin?" „Zurück in die Stadt. Aber nicht, um zu essen. Sondern um zu fragen." „Was?" „Was fehlt." Später packte Mira. Nicht viel. Nur einen Notizblock. Ein Messer. Und eine getrocknete Zwiebel. Als sie ging, sagte Luise nur einen Satz: „Du wirst dich nicht mehr erinnern. Du wirst wissen." Mira nickte. Und ging.

DIE RÜCKKEHR DER ZUNGE

Die Stadt roch nicht. Sie war sauber, neutral, glatt. Die Straßen dampften von sterilisiertem Tau, die Fassaden glänzten wie frisch versiegelte Oberflächen, und selbst der Himmel hatte keinen Geruch mehr, obwohl die Dunstschicht über der Skyline so dick war, dass man meinen konnte, sie müsste nach etwas riechen – nach Schweiß, nach Elektrizität, nach Zukunft. Mira kam zu Fuß, die letzten Meter jedenfalls. Die Züge fuhren nur bis zum Rand, die letzten Zonen waren für organischen Transit freigegeben worden, seit sich immer mehr Menschen beschwerten, dass der Geschmack in Bewegung verloren ging. Geschmack war jetzt ein Markt. Kein Skandal mehr. Kein Widerstand. Ein Produkt. Etikettiert, reguliert, optimiert.

Die Behörde für sensorische Ethik war aufgelöst worden. An ihre Stelle trat das Institut für aromatische Identität. Eine PR-Abteilung mit Macht. Ihre Studien bestimmten, was erlaubt war, was inspirierend, was „kulturell tragfähig". Mira kannte die Begriffe. Sie hatte sie mitgeschrieben, vor drei Jahren, bevor sie aufgehört hatte, sie zu glauben. Jetzt trugen die Mensen wieder Gerichte mit Namen. Nicht Zahlen, nicht Profile, sondern Worte. „Omas Auflauf", „Heimatgeschmack", „Zitronenhimmel". Darunter, klein gedruckt: Geschmackssimulation gemäß Profil 5.2, authentifiziert durch VETA-Siegel. Die Leute lachten wieder beim Essen. Sie saßen zusammen, kauten gleichzeitig, lächelten einander an. Niemand spuckte mehr aus, niemand weinte. Es war eine stille Freude, genormt, aber warm.

Mira ging durch die alten Hallen der Universität. Die Hörsäle waren umgebaut worden zu Showküchen. Dozierende trugen Schürzen. Die Ethik war jetzt Teil der Dramaturgie. „Aromen erzählen Geschichten", stand auf einem Banner. Und darunter: „Und wir sind die Erzähler." Sie betrat den Raum, der früher ihr Zufluchtsort war. Nicht mehr Archiv, sondern Atelier. Offene Regale mit Zutaten – synthetisch, aber echt wirkend.

Eine Gruppe junger Menschen stand um eine Inselküche. In der Mitte: eine silberne Kugel, dampfend, rotierend. Ein Dozent sprach: „Dies ist unsere heutige Komposition: Verlorenes Ragout. Entwickelt auf Basis von Rezepten, die nie geschrieben wurden." Die Teilnehmenden nickten, begeistert. Mira fragte sich, ob irgendwer wusste, dass „verloren" hier bloß ein Lizenzbegriff war. Später saß sie im Innenhof. Die Birnbäume waren noch da, aber neu. Jünger. Gepflanzt auf einer Erinnerung. Neben ihr setzte sich jemand. Eine Frau, Mitte fünfzig. Elegant. Zurückhaltend. Einmal trug sie Uniform. Jetzt trug sie Seide. „Sie sind Mira, richtig?" Sie nickte. „Und Sie sind?" „Klang. Vera Klang. Ich bin Kuratorin." Mira sah sie an. „Kuratorin von was?" „Von Geschmack. Und seinem Verschwinden."

Sie reichte ihr eine kleine Kapsel. „Neues Produkt. Echtheitssignatur in Phase 2. Wollen Sie probieren?" Mira nahm sie. Öffnete sie. Riechte daran. Und zuckte zurück. Es roch – wie damals. Wie Luises Herd. Wie Zwiebel. Wie Butter. Wie Fleisch. Aber es war nichts davon. Nur Moleküle. „Wie haben Sie das gemacht?" Klang lächelte. „Wir haben gefragt, was fehlt. Und dann entschieden, es künstlich zu rekonstruieren." „Und?" „Wir haben es geschafft. Technisch." „Aber geschmacklich?" Klang sah sie lange an. Dann sagte sie: „Geschmack ist Erinnerung. Aber wir haben ihn von ihr getrennt." Mira nickte. Legte die Kapsel zurück. „Dann ist es tot." „Vielleicht. Vielleicht ist es nur neu."

Am Abend ging sie zu einer der neuen Essstationen. Keine Kantine mehr. Ein Erlebniszentrum. Jeder Raum ein anderer Geschmack. Kein Körperkontakt, keine echten Zutaten. Nur Projektion. Und Resonanz. Raum 3: Gebratener Sonntagsmoment. Mira trat ein. Stellte sich unter das Aromafeld. Schmeckte nichts. Und alles. Sie setzte sich. Beobachtete die anderen. Wie sie lachten. Wie sie kosteten. Wie sie vergessen hatten, dass Geschmack einmal gefährlich war. Und plötzlich fragte sie sich: War es besser so? War das, was sie suchte, nur eine nostalgische Störung? Oder gab es wirklich einen Unterschied zwischen „schmecken" und „wissen, dass man schmeckt"?

Später ging sie in die Altstadt. In ein Hinterhaus, das sie aus einem alten Bericht kannte. Früher war es ein Treffpunkt gewesen. Jetzt war es ein Restaurant. Illegitim. Illegal. Echt. Sie klopfte. Eine Frau öffnete. Schweigend. Mira zeigte ihr die Zwiebel. Die getrocknete, aus Luises Garten. Die Frau nickte. Ließ sie ein. Drinnen: ein Tisch. Eine Kerze. Ein

Teller. Darauf: ein Eintopf. Kein Menü. Kein Licht. Nur Löffel. Mira setzte sich. Aß. Und spürte: Das hier war nicht Geschmack. Das war Erinnerung, aus Fleisch gemacht. Nicht Tier. Nicht Pflanze. Sondern: Wahrheit. Und sie wusste – die Zunge war zurückgekehrt.

DER MITTELGANG

Der Raum war voll. Nicht mit Menschen, sondern mit Meinungen. Aufrechte Rücken, gespannte Blicke, flache Stimmen. Mikrofone in den Tischen, Kameras in den Ecken, übersetzte Wärme in den Wänden. Mira saß am Rand. Nicht als Teilnehmerin, nicht als Beobachterin, sondern als etwas Drittes – eine Erinnerung mit Beinen. Die Ethikversammlung war zurück. Nicht als Kontrolle, sondern als Gespräch. Man nannte es jetzt Forum für sensorische Koexistenz. Kein Urteil. Nur Austausch. Und jeder war geladen. Menschen wie Mira, die man früher Geschmackskriminelle genannt hatte. Technologinnen, die Aromacodes designten. Philosophinnen, die über Authentizität in postmateriellen Zeiten publizierten. Und Werbeleute. Viele davon.

Die Konferenz begann mit Applaus. Für niemanden. Für das Format. Dann sprach die Moderatorin, eine Frau mit künstlich stimulierter Ruhe. „Wir sind hier, weil der Mensch nicht mehr hungert. Doch viele sagen, dass er dennoch nicht satt ist." Mira hörte zu. Sie präsentierte das Projekt GaumenNull – eine freiwillige Entkopplung der Geschmacksnerven, um emotionale Abhängigkeit von Nahrung zu verhindern. Sie sprach ruhig, fast zärtlich, über das Ziel, Essen wieder als reine Funktion zu begreifen. „Kein Genuss, keine Sehnsucht, kein Suchtpotenzial. Nur Versorgung. Reiner Transfer."

Der Saal war still. Dann sprach ein Mann mit schlohweißem Bart, der sich als Philosoph der Sensorik vorstellte. Sein Projekt: ZungenRecht – das sensorische Selbstbestimmungsmodell. Er sprach von der Zunge als letztem freien Organ. „Es gibt keine Demokratie, wo der Geschmack diktiert wird." Tosender Applaus. Mira notierte nichts. Sie hörte zu mit dem Bauch, nicht mit dem Kopf. Und der Bauch sagte: Das ist kein Streit. Das ist eine Richtungsentscheidung. Ein dritter Redner, aus dem Ausland zugeschaltet, stellte eine Lösung vor:

Essen in zwei Schichten.

Außen: reguliert.

Innen: persönlich.

Eine doppelte Struktur, die je nach Bewusstsein aufgeschlüsselt wird. Die Simulation für die Masse, das Original für den Einzelnen. Niemand wusste, ob das genial oder zynisch war.

Am zweiten Tag trat Vera Klang auf. Sie hatte Mira gesehen, begrüßt, nicht berührt. Jetzt stand sie auf der Bühne, in schwarzem Stoff, mit nur einem Satz zur Einleitung. „Wir haben den Geschmack gezähmt. Jetzt fragen wir, ob wir ihn befreien können, ohne ihn zu verlieren." Dann zeigte sie Zahlen. Wie viele Menschen Essen wieder spürten. Wie viele unter Geschmacksüberforderung litten. Wie viele sich nach echten Rezepten sehnten. Und wie viele lieber nichts schmeckten, als falsch.

„Die Gesellschaft", sagte sie, „ist geschmacklich traumatisiert. Wir sind über Jahre umerzogen worden, zu Misstrauen. Nun öffnen wir die Türen, aber niemand traut sich, zu kosten." Danach wurde abgestimmt. Keine Gesetze. Nur Tendenzen. 49 Prozent waren für eine geschützte Geschmacksoffenheit. 42 Prozent wollten klare Regularien. Der Rest: unentschieden.

Am Abend gab es das sogenannte Konsensorische Mahl. Acht Gänge. Acht Gerichte. Jedes ein Versuch. Ein Kompromiss. Mira saß zwischen Klang und einem Entwickler von FlavorCore. Er roch nach Minze, aber es war nicht seine. Der erste Gang war ein Essensfragment. Keine Suppe. Kein Salat. Nur eine Textur. Zweiter Gang: eine Projektion. Ein Geruch ohne Substanz. Dritter: ein Teig, der an Brot erinnerte. Und so weiter. Alles war wie echt. Nichts war es. Mira kaute. Sie bewertete nichts. Doch beim letzten Gang – einer „Reinterpretation von Gulasch" – stockte sie. Es schmeckte. Zu gut. Zu genau. Die Röstaromen waren mathematisch. Die Fasern zu zart. Der Nachhall auf der Zunge orchestriert. Luise hätte gesagt: „Das ist kein Essen. Das ist ein Beweisstück." Mira legte den Löffel ab. Klang beugte sich zu ihr. „Das war Fleisch aus Licht", sagte sie leise. „Version 7.1. Neu kodiert. Ohne Spuren." Mira sagte nichts.

Später zog sie sich zurück. In eine Ecke. Klang folgte ihr. „Du hast geschmeckt, was nicht da war." „Ja." „Und?" „Ich weiß nicht, ob ich das will." „Willst du es verbieten?" „Nein." „Willst du es teilen?" „Vielleicht." Klang nickte. „Dann bist du genau da, wo wir alle sind. Im Mittelgang." Der dritte Tag war der stillste. Niemand stellte neue Produkte vor. Keine Studien. Nur Stimmen. Eine ältere Frau, ehemalige Köchin, heute ohne Lizenz, trat nach vorne. Ihre Stimme war rau. Ihre Hände zitterten. „Ich will nichts entscheiden", sagte sie. „Ich will nur kochen, was ich weiß. Nicht, was erlaubt ist." Tosender Applaus. Danach sprach ein junger Mann, der seit Jahren an der Entwicklung sogenannter Erinnerungsproteine arbeitete – Eiweiße, die nicht nur Geschmack, sondern emotionale Prägung übertragen sollten. „Wir könnten künftig Gerichte speichern, wie man Erinnerungen speichert. Essen wird abrufbar. Teilbar. Ewiger Geschmack." Mira fröstelte. Ewiger Geschmack. Wie ewiger Schmerz. Oder ewiger Lärm.

Sie verließ die Halle. Nicht aus Protest. Aus Notwendigkeit. Draußen war der Himmel grau. Kein Wettereffekt, sondern echter Nebel. Sie ging eine lange Straße entlang, die früher nach Kaffee gerochen hatte. Jetzt roch sie nach Desinfektionsmittel. Doch in einer Seitengasse: ein Fenster. Offen. Ein Topf auf dem Herd. Und ein Lied. Jemand summte. Kein Algorithmus. Kein Signal. Nur ein Mensch, der kochte. Für sich. Für niemand. Mira trat nicht näher. Sie blieb stehen. Hörte. Riechte. Und dachte: Vielleicht ist der Mittelgang kein Kompromiss. Vielleicht ist er der einzige Ort, an dem man noch atmen kann.

DER TISCH, NEU GEDECKT

Luise stand einfach da. Als sei sie nie weg gewesen. Keine Ankündigung. Keine Eröffnung. Keine offizielle Rückkehr. Nur eine Tür, die sich öffnete, und eine Frau, die eintrat. Nicht als Heldin. Nicht als Symbol. Als jemand, der wusste, wie lange ein Braten braucht, wenn er nicht gelingen darf. Die Nachricht verbreitete sich nicht über Kanäle, sondern über Gerüche. In einem alten Flur der Hochschule, hinter einer Schiebetür, die seit Jahren klemmte, roch es plötzlich nach etwas, das niemand genau benennen konnte – nur, dass es kein offizielles Produkt war. Keine Simulation. Keine Codierung. Es war die Art von Geruch, die nicht gemacht, sondern ausgelöst wurde. Eine Handvoll Menschen sprach davon, dass eine gewisse Becker wieder aufgetaucht sei.

In einer stillgelegten Lehrküche, irgendwo im südlichen Komplex der Universität, der längst in ein Erlebniszentrum für Aromageschichten umgebaut worden war. Dort war ein Raum nie renoviert worden. Eine Art Denkmal. Oder eine Unbequemlichkeit. Und genau dort saß sie. Luise. Vor einem Topf. Der brummte. Nicht elektrisch. Sondern aus eigenem

Willen. Der Herd war alt. Echtes Gas. Offiziell verboten, aber niemals entfernt. Jemand hatte ihn vergessen. Oder absichtlich nicht gemeldet. Und jetzt war er wieder an. Mira war nicht die Erste, die kam. Klang war da. Der alte Entwickler von FlavorCore. Zwei junge Menschen, die aussahen, als wollten sie nur mit eigenen Händen rühren, statt Replika-Löffel zu schwenken. Später kamen mehr. Niemand sprach. Niemand filmte. Niemand fragte. Luise nickte. Und stellte Teller auf. Zwölf Stück. Nicht symbolisch. Einfach so. Zwölf, weil der Tisch Platz bot. Zwölf, weil manche Dinge sich nicht ändern.

Der Tisch war grob. Die Stühle unbequem. Das Licht zu warm. Der Geruch zu stark. Und doch blieb jeder sitzen. Das erste Geräusch war das Schaben des Löffels. Dann der Atem. Dann das erste Schlucken. Und erst danach: ein Blick. Mira kaute. Es war keine Suppe. Kein Ragout. Kein Eintopf. Es war ein Gedächtnis, das gekocht worden war. Nicht ein Rezept. Ein Gefühl. Eine Einladung an die Zunge, sich zu erinnern, was Sprache nicht tragen kann. Klang weinte. Nicht leise. Nicht dramatisch. Einfach, weil ihre Zunge sich erinnerte. Der Entwickler sagte nichts. Aber seine rechte Hand zuckte, als würde sie nach einem Notizblock greifen.

Ein junger Mann fragte, was genau in dem Gericht sei. Luise lächelte. „Etwas, das nicht ersetzt werden wollte." Danach sprachen sie doch. Nicht über Zutaten. Über Zeit. Darüber, wann Essen aufhörte, Mahlzeit zu sein. Darüber, wie man sich selbst wieder schmecken kann. Einer sagte, es sei gefährlich, solche Gerichte öffentlich zu machen. Luise nickte. „Ja. Weil sie uns zwingen, etwas zu fühlen, das wir nicht kontrollieren." Mira fragte: „Was ist, wenn wir vergessen haben, wie man fühlt?" Luise sah sie an. „Dann kochen wir, bis es zurückkommt." Niemand widersprach. Es war kein Treffen. Kein Ritual. Kein Aufstand. Es war nur ein Tisch. Und doch geschah etwas. Ein älterer Mann stand auf und stellte ein Brot auf den Tisch. Sauerteig, mit echtem Wasser geführt. Kein Aroma. Keine Schnellgärung. Nur Geduld. Eine Frau stellte ein Glas ein. Rote Zwiebeln, eingelegt. Mild, säuerlich, mit einem Hauch von Thymian. Sie sagte nichts. Später kam jemand mit einer Käsemasse aus Cashew, die fermentiert worden war. Ohne Zusatzstoffe. Nur Zeit, Salz und Stille.

Sie richteten sich nichts an. Es entstand einfach. Teller für Teller. Geschmack für Geschmack. Erinnerung für Erinnerung. Mira beobachtete. Dann stand sie auf, holte aus ihrer Tasche ein kleines Päckchen. Darin: eine getrocknete Zwiebel. Die aus Luises Garten. Sie legte sie in die Mitte des Tisches. Niemand kommentierte es. Aber alle sahen sie an. Luise stand auf. „Ich werde euch nicht beibringen, wie man das macht", sagte sie. „Ich werde nicht sagen, was richtig ist. Ich werde nur sagen: Wenn ihr wollt, dass jemand euch erinnert – kocht. Nicht für alle. Für einen. Und wenn er schweigt, war es gut." Stille. Dann Lächeln. Kein breites. Aber ehrliches. Das war genug.

Nach dem Essen räumte niemand auf. Es wurde nichts abgeräumt. Der Tisch blieb, wie er war. Voll. Mira saß noch lange da. Neben Luise. Sie sagte: „Ich glaube, das war das erste echte Essen meines Lebens." Luise antwortete nicht. Aber sie legte ihr den Löffel in die Hand. Und sagte: „Dann mach weiter."

Später ging sie. Keine Verabschiedung. Keine Umarmung. Nur ein Blick. Und eine Tür, die offen blieb. Am nächsten Tag war der Raum leer. Die Küche unberührt. Nur der Geruch hing noch in der Luft. Und auf dem Tisch: zwölf Löffel. In einer Reihe. Ohne Namen. Ohne Nummern.

Nur Metall. Und das, was sie geschmeckt hatten. Kein System hätte sagen können, was es war. Aber jeder, der dort gegessen hatte, wusste: Es war echt. Und das reichte.

DIE FÄLSCHUNG

Es war ein Stück Fleisch. Ein einzelnes, makellos gebratenes, auf einem Teller aus grauem Stein. Kein Besteck, kein Garniturblatt, kein Duft aus der Luft. Nur das. Still. Erwartungsvoll. Es lag in einem Raum, der sich Galerie nannte, aber ein Labor war. Mira stand davor. Sie hatte sich angemeldet als Testperson Klasse Z, „sensorisch geschult mit subjektivem Referenzsystem". Man hatte sie durch zwei Schleusen geführt, durch eine Aufklärungseinheit ohne Sprache, nur mit Bildern – Zellen, Pflanzen, Codes, Gesichter ohne Augen –, und dann hierhergebracht. In diesen Raum. Vor dieses Stück.

Die Betreuerin, eine schlanke Frau mit nahezu unbeweglichem Gesicht, sprach wie ein Algorithmus. „Sie sind hier, um zu entscheiden, ob es echt ist." Mira nickte. Setzte sich. Und wusste: Das war eine Prüfung. Keine Geschmackskontrolle. Sondern eine für ihr Inneres. Sie nahm das Fleisch in die Hand. Es war warm, nicht heiß. Fest. Die Oberfläche war kross, aber nicht hart. Beim Aufschneiden zitterte es leicht – so wie echtes Fleisch zittert, wenn es zwischen Fasern nachgibt. Der Duft war zurückhaltend.

Kein Übermaß. Kein synthetischer Überschuss. Sondern – genau richtig. Sie kaute. Und hielt die Luft an. Es schmeckte wie Erinnerung. Nicht wie Erinnerung an etwas. Sondern wie das Gefühl, dass man sich erinnert.

Gulasch. Sie war sechs. Ein blauer Topf. Regen. Ihr Vater am Fenster. Ihre Mutter auf dem Herd. Der erste Bissen. Damals. Sie schluckte. Langsam. Dann blickte sie auf. Die Betreuerin sagte nichts. Nur: „Und?" Mira schwieg. Sie wusste, dass jedes Wort eine Entscheidung war. Nicht nur über das Produkt. Über sie selbst. Sie stand auf. Verließ den Raum. Niemand hielt sie auf. Niemand sprach. Sie verließ das Gebäude.

Draußen war Markt. Kein echter. Ein Projektionsmarkt. Die Menschen schlenderten durch aromatisch codierte Stände. Tomaten ohne Tomaten. Brot ohne Kruste. Lächeln ohne Hunger. Sie setzte sich auf eine Bank. Holte ein Stück Papier aus der Tasche. Ein Rezept. Von Luise. Nur drei Zeilen. „Zwiebel. Zeit. Entscheidung." Sie hatte nie gefragt, was das heißen sollte. Jetzt wusste sie es.

Am Abend traf sie sich mit Klang. Die saß auf einem Dach, barfuß, mit einem Glas in der Hand. „Du hast es probiert", sagte sie. Mira nickte. „Und?" „Es ist perfekt." „Aber?" „Es ist nicht wahr." Klang seufzte. „Was ist Wahrheit im Geschmack? Ist sie nicht nur das, woran wir glauben?" Mira sah in den Himmel. „Nein. Wahrheit ist, was wir nicht programmieren können." Klang trank. Dann flüsterte sie: „Es ist Luise." Mira runzelte die Stirn. „Was meinst du?" „Das Profil. Der Geschmack. Die Tiefe. Sie haben es mit ihrem Speichelcode gemacht. Sie haben ihre Zunge archiviert." Mira erstarrte. „Das ist nicht möglich." Klang nickte. „Doch. Vor zwölf Jahren. Als sie verhaftet wurde. Eine unbemerkte Entnahme. Dann gespeichert. Jetzt synthetisiert. Sie wollten Wahrheit –

also nahmen sie die Quelle." Mira stand auf. „Und sie weiß es?" „Nicht offiziell. Aber sie ahnt es."

In dieser Nacht konnte Mira nicht schlafen. Sie schmeckte das Fleisch noch in ihrem Mund. Spürte den Biss wie Verrat. Wie Liebe. Wie eine Fälschung, die so gut war, dass man sich selbst nicht mehr glaubte. Am Morgen fuhr sie zu Luise. Der Weg war bekannt. Der Garten unverändert. Der Herd aus. Luise saß am Tisch. Las. Kein Buch. Einen Brief. Ohne Absender. Mira setzte sich. Sagte nichts. Luise reichte ihr das Papier. Es war eine Einladung. „TasteCon – Gabel der Zukunft". Darunter das Logo von FlavorCore. Und: Ehrengast: Luise Becker – Originalsensorik im Fokus. Mira sah sie an. Luise sagte: „Sie wollen, dass ich ihnen meine Zunge schenke. Damit sie sie offiziell verkaufen dürfen." „Und?" „Ich habe sie längst verloren." Mira verstand. Und verstand nicht. Dann fragte sie: „Und wenn du noch einmal kochen würdest? Nicht für sie. Für uns?" Luise lächelte. „Dann müsstest du entscheiden, ob du mir glaubst." Mira nickte. „Ich glaube dir. Wenn du salzt." Luise stand auf. Ging zum Regal. Holte ein kleines Glas. Darin: grobes Salz. Eines, das nicht aus dem Labor kam. Sie reichte es ihr. „Dann fang an."

MENÜ FÜR ZWEI

Sie hatte ihn nie vergessen. Nicht wirklich. Jensen war nie der Lauteste gewesen, nie der Radikalste, nie der Erste am Tisch. Aber er war der, der als Letzter aufstand, wenn alle gegangen waren. Derjenige, der nach dem Essen die Krümel in den Handflächen sammelte, als könnten sie noch etwas sagen. Der sich die Gabel nie ans Kinn hielt, aber jeden Bissen behandelte wie eine Frage. Und als er verschwand, hatte Mira nichts gesagt. Nicht aus Feigheit. Sondern weil es manchmal wichtiger ist, eine Lücke stehen zu lassen, als sie vorschnell zu füllen.

Jetzt stand sie vor einer Hütte, nördlich der Siedlungsgrenze, in einer Region, die in den Karten als „bioinaktive Zivilisationsrandzone" markiert war. In Wahrheit bedeutete das nur: Hier war niemand mehr zuständig. Keine Netzabdeckung, keine Versorgung, kein Blick von außen. Nur Wind, Holz, und der vage Geruch von Nadelwald. Die Tür war aus altem Eichenholz, der Griff war kalt. Sie klopfte nicht. Sie drückte. Und sie trat ein. Drinnen war es dunkel, aber nicht blind. Die Fenster waren klein, die Luft schwer, aber warm. Ein Tisch. Zwei Stühle. Ein Herd. Kein Rauch, aber Kohlegeruch in der Wand. Ein Messer auf dem Tisch. Und eine Stimme, ruhig, müde, wie aus einer Erinnerung geholt: „Ich dachte, du würdest nie kommen." Mira blieb stehen. Ihr Blick brauchte einen Moment, um sich zu gewöhnen. Jensen war am Fenster. Die Hände hinter dem Rücken verschränkt, wie er es immer getan hatte, wenn er nachdachte. Er drehte sich nicht um. Sie setzte sich. Sagte nichts.

Nach einer Minute drehte er sich langsam um. Er war älter geworden, aber nicht anders. Der Bart war kürzer, die Augen dunkler, die Haut rau. Aber der Blick – der Blick war derselbe. Der Blick eines Mannes, der einmal geglaubt hatte, dass Kochen eine Sprache sei, und dann feststellen musste, dass niemand mehr lesen konnte. „Ich habe gekocht", sagte er. „Nicht gut. Nicht regelmäßig. Aber genug, um nicht zu vergessen." Mira nickte. „Und ich habe gesucht." „Wen?" „Dich."

Jensen ging zur Anrichte. Öffnete eine kleine Holzkiste. Darin: Linsen. Ein Laib Brot, fest, fast schwarz. Ein Glas Öl. Zwei Zwiebeln. Und eine einzelne Knoblauchzehe, so klein, dass sie fast übersehen worden wäre. „Es wird kein Menü im klassischen Sinn", sagte er. „Aber es wird ein Mahl." Mira trat zu ihm. Sie wussten beide, was zu tun war. Es gab keine Rezepte. Keine Rollen. Sie wussten es einfach. Er hackte. Sie wusch. Sie zündete das Feuer. Er goss Öl. Und dann kam der Moment, den beide gleichzeitig spürten: Die Zwiebel begann zu singen. Dieses Geräusch, das nicht einfach ein Zischen war, sondern ein Summen, ein leiser Ton, der mehr versprach, als Worte je halten konnten. Sie rührte. Er salzte. Und dann kamen die Linsen. Langsam. Eine Handvoll nach der anderen. Ohne Eile. Kein Timer. Nur Atem. Dampf stieg auf. Und mit ihm Erinnerungen. Kein einzelner Moment, sondern viele. Ein Abend in der alten Küche. Ein

Teller auf dem Fensterbrett. Eine Suppe, die nie wieder so schmeckte wie beim ersten Mal. Jensen setzte sich. Mira tat es ihm gleich. Sie schwiegen. Der Topf war zwischen ihnen. Keine Teller. Kein Besteck. Nur ein Holzlöffel, der reihum ging. Der erste Bissen war nicht der beste. Aber er war der ehrlichste. Die Linsen waren weich, fast süß, mit einem Hauch von Rauch. Das Brot war zäh, aber kräftig. Der Knoblauch hatte sich aufgelöst. Es schmeckte nicht wie früher. Es schmeckte wie jetzt – aber mit dem Wissen von damals.

Nach dem vierten Löffel sah er sie an. „Weißt du, was ich am meisten vermisst habe?" „Was?" „Das Geräusch nach dem Essen." „Welches Geräusch?" „Das leise Atmen, wenn niemand mehr spricht. Wenn alle wissen, dass es genug war. Nicht zu viel. Nicht zu wenig." Sie nickte. Dann sagte sie: „Ich habe sie getroffen. Luise." Er hielt inne. Dann sagte er: „Lebt sie?" „Mehr als die meisten, die ich kenne." Er nickte. Einmal. Dann wieder Stille. Der Topf wurde leerer. Die Luft schwerer. Nicht unangenehm. Nur gefüllt. Später gingen sie hinaus. Der Himmel war klar. Sterne, die keine Namen hatten. Keine Satelliten. Nur Licht. Jensen holte eine Decke. Sie saßen auf der Stufe der Hütte. „Was machen wir jetzt?", fragte Mira. „Ich weiß es nicht", sagte Jensen. „Aber ich glaube, wir haben Zeit." „Wenigstens bis zum nächsten Hunger." „Und dann?" „Dann kochen wir wieder."

Sie lächelten. Kein Plan. Kein Manifest. Nur Wärme im Magen. Und eine Hoffnung, die nicht laut war, aber blieb. Im Morgengrauen machte sie sich auf den Weg. Er winkte nicht. Sie drehte sich nicht um. Manche Begegnungen müssen keine Abschiede haben.

DIE ZUNGE ENTSCHEIDET

Es war kein Gerichtssaal. Kein Labor. Kein Verhörraum. Und doch fühlte es sich an wie all das zusammen. Die sogenannte Geschmackskammer war kreisrund, aus Stahl und Glas, mit Wänden, die nichts preisgaben und doch alles zu beobachten schienen.

In der Mitte: ein einzelner Stuhl, ein Tisch, darauf ein Teller, abgedeckt mit einer silbernen Glocke. Keine Menschen im Raum. Aber Mira wusste, dass man sie sah. Irgendwo hinter den Wänden, in einem Kontrollzentrum, saßen sie. Die Ethiker. Die Techniker. Die Kuratoren des Gaumens. Es war die finale Phase der sogenannten Authentizitätsprüfung. Freiwillig. Und doch unumkehrbar. Wer teilnahm, erklärte sich bereit, seine sensorischen Reaktionen öffentlich zu machen – nicht als Meinung, sondern als Daten. Mira war bereit. Sie hatte nichts mehr zu verlieren. Und sie hatte zu viel gegessen, um noch zu schweigen. Eine Stimme erklang. Neutral, künstlich, doch nicht unfreundlich. „Mira Anden. Klasse Z-3. Sie sind hier, um Ihre Zunge zu prüfen." „Ja." „Sie werden drei Proben erhalten. Nur eine davon ist echt. Zwei sind perfekt simuliert." Mira nickte. Keine weiteren Anweisungen. Die Glocke hob sich automatisch. Der erste Teller: Ein Eintopf. Tiefrot, sämig, mit Kräutern, die zu kennen sie glaubte. Sie kostete. Langsam. Der Geschmack war voll. Würzig. Vielleicht zu würzig. Die Textur perfekt. Zu perfekt? Sie konnte es nicht sagen. Nicht nach einem Bissen. Der zweite Teller: Brot. Warm. Sauerteig, scheinbar. Die Kruste war rau. Der Geruch vertraut. Der Biss: zäh. Der Geschmack: rund. Zu rund? Kein Echo. Kein Schatten. Der dritte Teller: Eine Suppe. Klar. Zwiebel. Ein Hauch von Sellerie. Leicht salzig. Keine Show. Nur Wärme. Mira schloss die Augen. Der Löffel zitterte in ihrer Hand. Und dann: Erinnerung. Kein Bild. Kein Satz. Nur ein Gefühl. Das erste Mal. Der erste Bissen. Die Stimme. „Sie haben drei Proben gekostet. Bitte benennen Sie die echte."

Mira öffnete die Augen. Sagte nichts. Stand auf. Ging zum dritten Teller. Legte beide Hände darum. Und sagte: „Dieser hier hat mich nicht beeindruckt. Er hat mich erinnert." Stille. Dann: ein Signal. Keine Bestätigung. Keine Ablehnung. Nur: ein leichtes Licht. Grün. Ein Ton. Tief. Und dann: Türen, die sich öffneten. Drei Menschen traten ein. Klang war eine von ihnen. Der zweite war der Entwickler, dessen Name nie gefallen war. Der dritte war eine Frau, die aussah wie eine Archivarin und sprach wie eine Richterin. „Sie haben bestanden", sagte sie. Mira sagte nichts. „Sie haben eine echte Erinnerung erkannt. Das ist mehr, als die meisten schaffen." Mira nickte. „Was bedeutet das jetzt?" „Sie sind frei. Ihre Zunge ist registriert." Mira hob die Augenbraue. „Registriert?" „Als Trägerin. Nicht als Produkt. Aber als Quelle." Klang trat näher. „Sie können lehren. Kochen. Erinnern. Offiziell." Mira dachte an Luise. An Jensen. An den Topf. An das Messer. An den Löffel. „Ich werde nicht lehren", sagte sie. „Ich werde kochen." „Für wen?" „Für die, die nicht mehr wissen, wie man fragt." Die Archivarin nickte. „Dann wünschen wir Ihnen Geschmack." Mira verließ den Raum. Kein Applaus. Kein Dokument. Nur eine Stille, die nicht leer war. Draußen wartete niemand. Und genau das war richtig. Sie ging durch die Stadt. Die Menschen aßen. Lachten. Kauten. An Straßenecken roch es nach Vanille, nach gebratenem Tofu, nach Pseudofleisch in perfekt getimten Wellen. Aber nichts davon sprach. Sie ging nach Hause. In ein kleines Zimmer über einer Bäckerei. Keine moderne. Eine echte. Die Brote waren zu dunkel. Die Kruste zu dick. Aber sie rochen nach Zeit. Am Abend kochte sie. Nicht viel. Nur ein Teller. Zwiebel. Sellerie. Ein Rest Linsen. Sie aß. Und ließ einen Löffel übrig. Für die Erinnerung. Und für das, was vielleicht noch kam.

EPILOG – DAS GEDÄCHTNIS DER GABEL

Das Haus war still. Kein Lärm, kein Kochen, kein Duft. Nur Holz. Alte Dielen, weiche Decken, eine Küche, die mehr nach Denken als nach Arbeit aussah. Kein Display, kein Rezeptbuch. Nur ein Tisch. Und auf diesem Tisch lag eine Gabel. Nicht in der Mitte, nicht ordentlich hingelegt. Sie war einfach da, wie vergessen – oder sehr bewusst nicht weggeräumt. Sie war nicht neu. Nicht blank. An einem Zinken fehlte ein Stück Metall. Die Gravur war verblasst. Auf dem Griff eine feine Kerbe, vielleicht ein Brandloch, vielleicht nur ein Fehler. Niemand wusste mehr genau, wem sie zuerst gehört hatte.

Man sagte, sie sei von Luise gewesen. Andere behaupteten, sie sei viel älter, aus der Zeit vor dem Verbot, vor den Codierungen, vor der Kontrolle. Die Gabel lag einfach da. Tag für Tag. Manchmal wurde sie in die Hand genommen. Nicht benutzt, nur gehalten. Man konnte sie balancieren. Manchmal legte jemand sie auf die Zunge. Nicht zum Test, sondern aus Respekt. Denn es hieß, sie habe den Geschmack bewahrt. Nicht in sich. Sondern durch das, was sie ausgelassen hatte. Sie hatte nie gegessen, was falsch war. Und genau das war ihr Gedächtnis. Nicht, was sie durchstochen hatte. Sondern, was sie abgelehnt hatte. Und manchmal – sehr selten – kam jemand, der noch wusste, wie man etwas ohne Angst in den Mund nahm. Nicht, weil es erlaubt war. Sondern, weil es bedeutete. Diese Menschen aßen wenig. Langsam. Und sie sagten nichts danach. Kein Urteil. Kein Schwärmen. Nur ein Nicken. Und manchmal, ein leises „Danke". Man munkelte, dass Mira manchmal noch dort kochte. Heimlich. Für niemand. Für jemanden. Für eine Gabel. Und dass sie nicht fragte, ob man hungrig war. Sondern, ob man sich erinnern wollte. Die meisten nickten. Und dann kaute man. Und es schmeckte – nicht gut, nicht richtig, nicht falsch. Sondern wie etwas, das man nicht beschreiben konnte. Nur behalten.